マドンナメイト文庫

淫獣学園 悪魔教師と美処女

羽村 優希

目次

contents

淫獣学園　悪魔教師と美処女

プロローグ

（やだ、また……）

スカート越しに感じた異変に、鎌田陽菜子《かまたひなこ》は顔をしかめた。

通学電車の中で痴漢行為を受けるのは、これで何回目になるだろう。

ガラス窓を見やれば、相手はいつもどおり、紺色のメンズキャップにファッショングラスとマスクをしている。

顔こそわからないが、白地に青いストライプが入ったシャツにも見覚えがあり、これまでの痴漢男と同一人物だと思われた。

指先で腰をつつかれ、やがて手のひらがヒップをゆっくり這いまわる。

（ここ二カ月ほどは見なくなって、安心してたのに……どうしよう）

最初に痴漢されたのは、中学に進学してからひと月が過ぎた頃だった。

車両や通学時間を変えても、男は姿を現し、背後に張りつかれてしまう。もう一年以上にわたって、不埒《ふらち》な行為を受けつづけているのだ。

怖くて抵抗できず、満員電車の中では移動もままならない。

身を震わせたとたん、スカートを捲られ、ざらざらした指がヒップラインをなぞりあげた。

（……ひっ）

身の毛がよだつも、やはり声は出せず、手のひらがじっとり汗ばむ。

快速特急が次の駅に停車するまで五分以上もあり、一秒でも早く着いてほしい。

そう思いながら足を閉じるも、指先は内腿のあいだをすべりこみ、恥丘の膨らみに添えられた。

パンティ越しとはいえ、卑劣な男に乙女の大切な部位を触られているのだ。

指のスライドが始まると、陽菜子は俯きざま目に涙を浮かべた。

（……やぁっ）

縦筋に沿ってなぞられ、敏感な箇所をこねまわされる。腰をよじっても、指は秘所から離れることなくヒルのようにへばりついた。

（いや、いや……あっ!?）

おぞましい感覚とは裏腹に甘美な微電流が身を駆け抜け、激しくうろたえる。

男の行為が回を追うごとにエスカレートしているとはいえ、痴漢されて感じてしまうなんてありえない。

自己嫌悪に陥《おち》いるも、肉体に生じた変化は紛れもない事実なのだ。

(相手は、最低の男なんだから！)

怒りの感情を手繰《たぐ》り寄せた瞬間、指はパンティの下をかいくぐり、陽菜子は肩をビクンと震わせた。

(あ、あ……嘘っ)

太い指が女芯に直接触れ、あまりの驚きに我を失う。

はっきり拒絶してこなかったことで、大胆な行為を仕掛けても問題ないと判断したのか。思わずヒップを小さく振れば、指が割れ目にはまり、少女は想定外の緊急事態に卒倒しそうだった。

(いや、いや、やめて……指を抜いて)

心の懇願虚しく、クリットを撫でられ、はたまたピンピン弾かれる。

「……くっ」

嫌悪する一方、頭の隅に追いやった快感がぶり返し、プライベートゾーンがカッと火照った。

下腹部全体が浮遊感に包まれ、生まれて初めての経験に動揺する。

自分の身に、いったい何が起こっているのか。

恥部が粘《ねば》つきだし、スライドが繰り返されるたびに乙女の花芯が甘くひりついた。

白い光が頭の中で膨らみ、正常な思考が次第に薄れてゆく。全身の毛穴が開き、虚ろな視線が宙を舞う。

（あ、や……やあぁあ）

今まさに未知の世界に飛びだそうとした刹那、指が秘園から離れ、陽菜子はすんでのところで踏みとどまった。

（……あ）

電車が減速し、次の駅への到着を告げる車内放送が流れる。

おそらく、これ以上の痴漢行為は危険だと判断したのだろう。

安堵の溜め息を洩らしたものの、女唇に走る快美は消え失せず、少女は慌ててスカートの乱れを整えた。

電車がホームにすべりこんでも、恥ずかしさから顔を上げられない。

陽菜子は扉が開くと同時に車外に飛びだし、ふらつく足取りで壁際に歩み寄った。

「はあはあっ」

動悸が収まらず、今頃になって涙が溢れだす。

パンティのクロッチが恥丘に張りつき、ひんやりした感触が純真無垢な少女に大きなショックを与えた。

悪辣《あくらつ》な男にあそこを触られ、感じてしまったのは紛れもない事実なのだ。

改札口に向かう乗客の中にあの男がいるのかと思うと、怖くて確認できない。

陽菜子は壁に手をついたまま、ただ咽《むせ》び泣くことしかできなかった。

第一章　美少女を襲う魔の手

1

私立白薔薇《しろばら》学園は地方都市の小高い山の麓《ふもと》、緑に囲まれた風光明媚な場所にある。

中高一貫の女子校は文武両道がモットーで、一流大学への進学はもちろん、体操部や水泳部の強豪校としても知られ、越境入学する生徒も少なくない。

広大な敷地内には寮も完備され、およそ七百人の少女が勉学やスポーツにいそしんでいるのだ。

陽菜子はバレーボール部に所属し、二年の進級時にレギュラーメンバーに選ばれてからは以前にも増して練習に取り組んだ。

来月の七月末には地区予選が始まり、勝ち抜けば全国大会に出場できる。チームの状態もよく、がんばらなければいけないのだが、今朝の出来事が少女を憂《ゆう》鬱《うつ》にさせた。

（知らない男に、あそこを触られちゃうなんて……）

陽菜子は気分が落ち着いてからトイレに向かい、ウエットティッシュで女陰を丹念に清めた。それでも気持ちが悪く、パンティに付着した分泌液を目にしたときは茫然自失した。

幸いにも替えの下着は用意していたが、やるせない思いは半日経っても消え失せず、授業ばかりか、バレーボールの練習にも集中できない。

（明日から、また家を早めに出て普通電車に乗らないと……はあっ）

部活の休憩時間、大きな溜め息をついた直後、キャプテンの大倉《おおくら》美月《みづき》が心配げな表情で歩み寄った。

「今日はどうしたの？　調子、悪いみたいだけど」

流麗な細眉、切れ長の目、高い鼻に形のいい唇。大人びた上級生に胸がときめき、返す言葉が上ずる。

「あ、あの……」

「何かあった？」

頬が赤らみ、澄んだ瞳を向けられただけで頭がポーっとした。

痴漢に遭遇したと答えたら、彼女はどんな顔をするだろう。

清廉かつ高潔な美女に、破廉恥な行為を受けたなんてとても言えない。

「す、すみません……期末テストのことを考えると、いやな気持ちになっちゃって」

「ふふっ、再来週からだものね……でも、それは私も同じよ」

「そ、そうですよね、ごめんなさい」

「謝ることないわ。ただ、あなたにはそれだけ期待してるってことよ」

「ホ、ホントですか？」

嬉々として答えると、美月は笑みをたたえたまま柔らかな眼差しを向けた。

「知ってると思うけど、うちは弱小クラブで、一度も全国大会に出場したことないでしょ？」

「え、ええ」

「私にとっては中学生活最後の大会になるし、なんとしてでも予選を勝ちあがりたいの。あなたはセッターとしての才能があるし、きっといけるはずよ」

「が、がんばりますっ！」

「これ以上のプレッシャーはかけないから、安心してね」

美月は運動神経が発達しており、学業でも優秀な成績をあげているらしい。冗談ではなく、彼女が本来の実力を発揮できれば、全国大会出場も夢ではないだろう。陽菜子は上目遣いに、端正な顔立ちの先輩を見つめた。

おとなしくて控えめな自分がバレーボール部に入ったのは、新入生へのクラブ勧誘で美月に憧れたからである。

彼女みたいな大人っぽい女性になりたい、美しさと気品を学びたい。その一心で、厳しい練習にも耐えてきたのだ。

「がんばります！」

ハキハキした口調でやる気を見せるも、美月は何かに気づいたのか、打って変わって眉をひそめた。

「……あら」

「どうしたんですか？」

「また……来てるわ」

「え？」

彼女の視線の先に顔を振ると、講堂の二階席にジャージ姿の男性が佇《たたず》んでいる。

去年の春に赴任してきた体育教師の鮫島啓輔《さめじまけいすけ》で、白薔薇学園は女性教師が多く、若い男性教師は彼しかいない。

生徒の中には騒ぐ女子もいるが、彼の授業は一度も受けたことがなく、クールな顔立ちが好みのタイプではなかった。

「先月あたりからたびたび来てるけど、何してるのかしら？」

顧問を務める五十代の女性教師は、バレーボールに興味がないのか、練習には一度も出てこない。

ひょっとして啓輔が新顧問になる話が出ており、様子を見にきているのではないか。

そう考えたものの、陽菜子はあえて何も言わなかった。

すべての練習メニューは美月が考案しているため、新しい顧問がありがたい存在になるとは思えなかったからだ。

「さあ……何ですかね」

当たり障《さわ》りのない返答をすると、美しい先輩は向きなおり、にこやかな笑みを浮かべた。

「まあ、いいわ……試合のときは多くの観客が来るんだし、練習に集中するいい機会かもね」

「そ、そうですね」

ポジティブな考え方に同意すれば、彼女は手を叩いて他の部員に檄《げき》を飛ばした。

「さ、練習の時間よ！　みんな気合いを入れて」

すらりとした長身だが、ボディは女らしいラインを描き、つい見とれてしまう。

(やっぱり、先輩……カッコいいな)

改めて好感を抱いたものの、男性教師の存在はやはり気にかかる。

横目で様子をうかがった瞬間、陽菜子は背筋をゾクリとさせた。

美月に向けられるねちっこい視線と、口元に浮かんだ冷ややかな笑みが不気味な印象を与える。

(なんか……あの先生、気持ち悪い)

痴漢行為を受けつづけているだけに、異性に対して必要以上に警戒心が働くのかもしれない。

とにもかくにも、今は練習に集中しなければ……。

陽菜子は不安の影を無理にでも追い払い、コートに向かって駆けだした。

2

練習を終えた美月は道具の片づけを後輩に任せ、ひと足先に部室のある別館に向かった。

去年、一昨年と、予選の一回戦で敗退したが、今年はなんとしてでも勝ち残り、全国大会に出場したい。

(下級生たちも力をつけたし、これまで以上の成績はあげられるはずだわ)

特に陽菜子の成長は著しく、貴重な戦力の一人になった。

彼女が上げるトスは正確無比で、狙った場所に気持ちよくスパイクを打てる。

得点力が増加したため、理論上は勝利に結びつくはずなのだ。

不安があるとすれば、同じ三年生のレギュラーメンバーか。

「美月、トイレに行ってくるね」

「あ、私も!」

二人の同級生はいっこうに進歩がなく、来月の大会を終えたあとに引退する予定だった。

（高校受験はないのに、やめるなんて……後輩を指導する気もないのかしら）

厳しい練習メニューに愚痴をこぼすことも多く、それが引退を決めた大きな理由なのかもしれない。

「はあっ」

トイレに向かう二人を恨めしげに見送った瞬間、背後から声をかけられ、美月は心臓をドキリとさせた。

「大倉さん、ちょっといいかな？」

振り向けば、体育教師の鮫島啓輔がにこやかな顔で佇んでいる。

前髪を垂らした細面《ほそおもて》の異性に怯んだものの、美月はあえて気丈な態度で接した。

「はい、何ですか？」

彼に対して特別な感情は抱いていないが、断りもなく練習風景を見られるのは気持ちいいものではない。

さらに声までかけてくるとは、どういうつもりなのだろう。

訝《いぶか》しげな視線を向けると、啓輔は目を細めて口を開いた。

「ちょっと話があるんだが、いいかな？」

「別にかまいませんけど……」

「バレーボールの件なんだ。十分ほどで済むから、つき合ってほしい」

「……わかりました」

男は別館の階段を昇りはじめ、仕方なくあとに続く。

二階には体育会系の部室、三階や四階には理科室や美術室、視聴覚室などの特別教室があり、どこで話をするつもりなのか。

彼は四階に到着すると、視聴覚室を通りすぎ、早足で廊下の奥に向かった。

放課後の遅い時間だけに生徒の姿はなく、あたりはしんと静まりかえっている。

(なんか、不安……まさか、こんなとこまで来るなんて)

後悔の念が押し寄せる頃、啓輔はジャージのポケットから鍵を取りだし、いちばん端にある部屋の扉を開けた。

「さ、入ってくれ」

「あの……」

「今は、誰にも聞かれたくないんだ。それだけ、重要な話だということだよ」

「ときどき、体育館に来てましたよね？」

「ああ、顧問の先生には伝えておいたんだけど、聞いてないかな？」

「聞いてません」

「そうか、それは悪かった、すまんな……練習を見てたのは、これから話す用件にも関係することなんだ」

素直に謝られ、ひとまず安堵の胸を撫で下ろす。

顧問に断って練習を見ていたのなら、彼を非難できない。

(それにしても、あのおばさん先生……ホントにずぼらで、いい加減なんだから)

苦笑を洩らしたところで室内を覗きこむや、美月は目をぱちくりさせた。

床にはふかふかの絨毯が敷かれ、窓際には重厚な造りのデスクと椅子、手前には見るからに高級なソファセットが置かれている。

左サイドに設置されたロッカーやスチール製の本棚を除けば、まるで大企業の社長室としか思えなかった。

(ここは多目的教室だったのに、春休みに改築したのかな……部屋の中が狭くなってるわ)

室内を仕切った壁にはドアが取りつけられており、向こう側の部屋はどうなっているのか。

「……この部屋は?」

「体育講師室だよ、生徒で入室したのは君が初めてだ。さ、座って」

どうやら、理事長の息子という噂は事実のようだ。そうでなければ、新卒二年目の教師に豪勢な個室を与えるわけがない。

「さ、座って」

「は、はい」

促《うなが》されるままソファに腰かければ、啓輔は真向かいの席に座る。そして、前屈《かが》みの姿勢から予想外の言葉を投げかけた。

「君は、ビーチバレーに興味があるかな？」

「はあ？」

「いや、実はね、ビーチバレー部を起《た》ちあげたいと考えてて、それでメンバーを探してたんだ」

「そういうことだったんですか」

練習を見学していた事情は理解できたが、突然の誘いには戸惑うばかりだ。

「バレーボールで下地はできてるから、心配はないしね」

「ビーチバレーは、二人ひと組でするスポーツですよね？」

「ああ、最初は二人の選抜メンバーで大会に出場し、いい成績を収めてから部の申請をするつもりなんだ」

「た、大会に出るんですか!?」

「ああ、予選大会は八月十日だよ」

啞然呆然とし、啓輔の顔をまじまじ見つめる。彼はこちらの心情などおかまいなく、目を輝かせながら話を続けた。

「もう一人の選抜メンバーは思案中だ。バレーボール経験者とはいえ、やっぱり能力のある人がいいんだが……どうかな?」

懇願されても、すぐに答えを出せるわけがない。それでなくても、今はバレーボールに情熱を注いでおり、確固たる目標もあるのだ。

「参加校が少ないから、君なら予選で優勝するチャンスは十分あると思う。全国大会にも出られるよ」

「全国大会……ですか」

「ああ、いっしょにやろうよ!」

全国大会という言葉に食指が動くも、いまひとつ気が乗らない。

衆人環視の中で、水着姿になるのも抵抗がある。

美月はしばし間を置いたあと、申し訳なさそうに答えた。

「すみません……いきなりすぎて、今は返事ができないです。それに、来月の末からバレーの予選大会が始まりますし」

「そうか、そうだよね……でも、予選で敗退したら、そのあとの試合はなくなるわけだろ？　軽い遊びのつもりで参加してもらって、かまわないんだからね」

遠まわしに断ったつもりなのだが、縁起でもない物言いにムッとする。

「とにかく、ちょっと考えさせてください」

「ああ、もちろんだ」

これ以上、話を聞いたところで意味はなさそうだ。

「……失礼します」

「いい返事を期待してるよ」

腰を上げ、頭を軽く下げてから出入り口に向かう。

扉を開けようとした刹那、視界に入った白い布切れが鼻と口を押さえつけた。

「ンっ!?　ンうぅっ！」

続いて背後から羽交《はが》い締めされ、必死にもがいてみたが振りほどけない。

顔こそ見えないが、啓輔に違いなく、恐怖と怒りの感情が襲いかかる。

（いきなり暴力に訴えるなんて、どういうつもりなの!?）

即答しなかったことで、逆鱗《げきりん》に触れたのか。だとしても、聖職者とはかけ離れた野蛮な行為だ。

異性のほとんどいない女の園で、まさかこんな危険な目に遭うとは考えてもいなかった。

（やっぱり……こんなとこまで……来なきゃよかった）

薬品のにおいが鼻腔に忍びこみ、やがて頭の中が白い靄《もや》に包まれる。

最後の力を振り絞って抵抗したものの、男性の力には敵《かな》わず、美月の意識は徐々に薄れていった。

3

（やった……やったぞ）

肩で息をしながら、啓輔はしたり顔でほくそ笑んだ。

教職に就いて一年三カ月、この日をどれだけ待ち侘びたことか。

美月を初めて目にしたときは、こんなに美しい少女がこの世に存在するとは思ってもいなかった。

盗撮した彼女のユニフォーム姿をおかずに、自慰行為を何度繰り返したことだろう。

ハーフを思わせる整った顔立ち、丸みを帯びはじめたバストとヒップの稜線。成長途上の少女は大人の女性にはない魅力があり、男心をいやが上にも惹きつけた。

乙女の女芯はどうなっているのか、どんな匂いを発するのか。

もはや妄想だけでは満足できず、蓄積された淫情はとうとう器から溢れだした。

父に頼みこみ、別館に個室を作らせたのは三カ月前の春休み期間のことで、啓輔は練りに練った計画をついに実行に移したのだ。

（あとは声をかけるタイミングを狙うだけだったけど、一人になったのはラッキーだったな）

この部屋に連れこんでしまえば、こちらのもの。啓輔はソファの下にクスリの入った瓶を隠しておき、彼女が背中を向けたところで牙を剝いたのだ。

腕の中で眠る少女に生唾を飲みこみ、男の分身をひりつかせる。

（この子は、もう俺のものなんだ！）

出入り口の内鍵を閉め、美月を抱きかかえて部屋の奥に向かう。扉を開けて室内に踏み入ると、男のロマンがいっそう燃えさかった。

大きめのベッドに簡易シャワーやトイレを完備させたのも、すべてはこの日のためなのだ。啓輔は照明をつけたあと、片手でブランケットを剝ぎ取り、美月をシーツの上に横たわらせた。

シューズを脱がせ、ベッド脇に設置した三脚付きのビデオカメラに歩み寄り、電源スイッチを入れて録画ボタンを押す。

続いて腰を落とし、床に置いたバッグの中からボールギャグとＳＭロープを四本、そして裁ち切りバサミを取りだした。

(膝当てのサポーターとハイソックスは、そのままにしておこう。くくっ……どんな反応を見せるか、楽しみだな)

服をすべて脱ぎ捨て、ボクサーブリーフを下ろし、隆々とした肉棒が下腹をバチンと叩く。亀頭冠はスモモのごとく張りつめ、胴体にはすでに太い静脈が無数に浮きでていた。

早くも臨戦態勢を整え、怒張の芯がジンジン疼く。

大の字の恰好《かっこう》を真上から見つめているだけで、今にも涎がこぼれ落ちそうだ。

(ブルマじゃないのは残念だけど、ユニフォームもパンツもぴっちりしてて、これはこれで色っぽいじゃないか。さて、眠ってる今のうちに準備させてもらおうか)

啓輔はさっそく美月を抱き起こし、エンジに紺色のラインが入ったユニフォームを頭から抜き取った。

柑橘系の芳香がぷんと匂い立ち、牡の淫情に拍車をかける。

少女は練習でたっぷり汗を掻いており、シャワーを浴びていないのだ。

インナーシャツの胸元が小高い膨らみを見せ、緊張と期待感を抑えられない。

(まだまだ……お楽しみは、これからなんだから)

啓輔は美月を再び寝かせると、足元に移動し、ハーフパンツの上縁に手を添えた。

トップと同色の布地を下ろすと、もちっとした太腿がふるんと揺れ、汗の甘い匂いが鼻腔をくすぐる。

(たまらねえ……スポーツショーツの下には、神秘の花園が息づいてるんだよな)

悪辣《あくらつ》な教師はパンツを足首から抜き取るや、両の手首と足首をロープで縛り、端をベッドの脚に括りつけた。

ギャグボールを口に装着し、これで準備は万端だ。

拘束された状態では逃げだせず、口枷を咬《か》ませていたのでは声もあげられない。

捕らえた獲物に舌舐めずりしつつ、今度は裁ち切りバサミを手に取る。

「……ううン」

インナーシャツを脇から裁断すると、美月が小さな呻き声をあげ、啓輔は手の動きをピタリと止めた。

クスリを嗅がせた時間は短く、いつ目を覚ましても不思議ではない。

(できることなら、もう少し寝ててくれよ)

心の中で懇願してから、再びシャツを切り裂いていく。

啓輔はショーツにも同様の手順を踏み、目をらんらんと輝かせた。

(はあはあ、いよいよだ。まずはシャツのほうから……)

布地をそっと捲り、乳房の輪郭とすべすべの肌に狂喜乱舞する。お椀を伏せたような双乳が晒されると、剛直がブンブンと頭を振った。

(肌はきめ細かいし、張りもある……やっぱり、十代の女は最高だな)

肝心な箇所はまだ目にせず、いちばん最後に残しておくのだ。

まずは太腿に頬をなすりつけ、美月の体臭を心ゆくまで嗅ぎまくる。舌を這わせると、しょっぱい味覚が口中に広がり、美少女を手に入れた実感に打ち震えた。

(次はおっぱい、おっぱいだっ!)

手のひらを被せると、想像以上に柔らかく、弾力に富んだ感触に陶然としてしまう。

啓輔は乳丘を軽く絞り、木イチゴを思わせる乳頭を口に含んで舐め転がした。

小さな肉の芽が次第にしこり勃ち、腰が微かにくねりだす。

眠っていても、肉体は快感を得ているのだろうか。

躍起になった啓輔は、なめらかな腋《わき》の下に狙いを定めた。

剃毛しているのか、毛は一本も生えておらず、喉をゴクリと鳴らす。

（腋はおマ×コと同様、フェロモンをいちばん発する場所だからな）

息せき切って鼻を押しつければ、甘酸っぱい匂いが鼻腔を満たし、睾丸の中の樹液が荒れ狂った。

これが、美少女のフェロモンなのだ。

幸福感に包まれ、この時間が永遠に続けばと心の底から願う。

啓輔は腋の下をベロベロ舐めまわし、酸味の強い味覚を堪能したあと、乙女の本丸に鋭い目つきを向けた。

（美月のおマ×コ……俺が初めての男になるんだ）

身を起こし、三分割した真ん中の布地をつまんで微かに捲る。漆黒の恥毛が視界に入るや、肉土手に渦巻いていた淫臭がふわんと立ちのぼった。

（はあふうはあ、もう少しでご開帳だ）

鼻の穴を目いっぱい開き、息を呑んで身を引きしめる。

「お、おおっ」

啓輔は股布を引き下ろし、女の中心部を瞬きもせずに凝視した。

ほっそりした肉びらは皺の一本もなく、ストレートなラインは溜め息が出るほど美しい。秘肉の狭間《はざま》からは、しっとりした紅色の粘膜が申し訳程度に覗いていた。

(こ、これが、女子中学生のおマ×コ)

性体験の豊富な大人の女性とは違い、もぎたての桃さながらの様相に胸が騒ぐ。

何気なく顔を近づけると、三角州にこもる媚臭が鼻腔にへばりつき、啓輔は目をこれ以上ないというほど見開いた。

「う、おっ!?」

ブルーチーズを思わせる強烈な恥臭が、脳幹まで光の速さで突っ走る。

香気とは言いがたいのに、なぜこんなにも昂奮するのだろう。

(どんな美少女でも、あそこは……汚れるものなんだ)

啓輔は満足げに頷き、すかさず指先で膣口を押し広げた。

「お、おおっ」

しっぽりした紅色の粘膜がくぱぁと開き、左右の膣壁とのあいだに白い糸を引く。

おりものなのか、淫らな分泌液を目にしたとたん、頭に血が昇った。

(も、もう我慢できんぞ!)

裁断したパンツをヒップの下から引き抜き、鼻息を荒らげてむしゃぶりつく。膣前庭をねちっこく舐めまわせば、ショウガにも似たピリリとした刺激が舌先に走った。

（お、俺は今、美月のおマ×コを味わってるんだ！）

全身の細胞が歓喜の渦に巻きこまれ、生きている実感を噛みしめる。啓輔は舌を跳ね躍らせ、ゼリー状の媚粘膜を一心不乱にくじった。

（おおっ、クリトリスが顔を覗かせたぞ！）

薄い肉帽子を被った肉芽がひょっこり顔を出し、今度はホットポイントを集中的に攻めたてる。やがて舌に促されたクリットが包皮を押しあげ、ぬらぬらと光り輝きながら頭をもたげた。

美しい少女の恥芯なら、一時間でも二時間でも舐めていられそうだ。

本能の赴《おもむ》くまま、唇を窄めて可憐なつぼみに吸いついた瞬間、頭上から小さな呻《うめ》き声が聞こえた。

4

「う、ううン」

目をうっすら開けると、白い天井が視界に入り、頭の芯がズキンと疼いた。

今は何も考えられず、自分がどこにいるのかもわからない。

（あたし……どうしたのかしら？）

記憶の糸を手繰り寄せようとした刹那、美月は下腹部の違和感に気づいた。

恐るおそる視線を下ろせば、乳房が晒され、男が股のあいだに顔を埋《うず》めている。

（……あっ⁉）

慌てて起きあがろうとしたものの、手首がロープで拘束されており、足の自由も効かない。

口の中には小さな球体が埋めこまれており、悲鳴をあげることさえできなかった。

どうやら自分は衣服を脱がされ、全裸の状態でベッドに寝かされているらしい。

Vゾーンにヌルッとした感触が走り、猛烈な嫌悪に襲われる。

「む、むふぅぅ！」

反射的に身をよじると、男は顔を上げ、口元に薄気味悪い笑みを浮かべた。

「お目覚めかな？」

「あ……うっ」

啓輔の顔を目にし、自分の置かれた状況をようやく理解する。

（そ、そうだわ……先生に声をかけられて、個室に連れていかれて……あ、あっ⁉）

退出する間際、ハンカチらしきもので口を塞がれ、薬のにおいを嗅いだ瞬間に意識が薄れていったのだ。

なんということだろう。本来なら尊敬の対象となる教師が、学校の敷地内で女生徒に破廉恥な行為を仕掛けるとは……。

いや、破廉恥どころか、完全なる犯罪行為ではないか。

（あ、やっ！）

啓輔も衣服を身に着けておらず、上半身は裸の状態だった。

前屈みの体勢なので、下腹部は見えないが、もしかするとズボンやパンツも脱いでいるのかもしれない。

最悪の展開が頭に浮かび、不安と恐怖に身が竦む。

「む、むうっっ！」

なんとか逃げだそうと力《りき》んだものの、手首を縛るロープはビクともしなかった。

ひたすらもがくなか、啓輔は悪びれることなく、あっけらかんと言い放つ。

「いくら足掻《あが》いても、無駄だよ。この時間じゃ、誰も助けに来てくれないさ。あきらめたほうがいいんじゃないかな？」

このまま、卑劣な男に穢されてなるものか。

強い決意を秘めたものの、局部がまたもや不快感に見舞われ、額に脂汗がじっとり滲んだ。

（いやぁあぁっ）

紛れもなく、男は剝きだしの女陰を舐めまわしているのだ。

足を閉じようとしても無駄な努力にしかならず、美月はただ歯を食いしばることしかできなかった。

練習後にシャワーは浴びていないのだから、あまりの羞恥に涙が溢れでる。

「ンっ、ンっ、ンぅぅっ！」

言葉にならない声をあげ、顔を左右に振って拒絶の意思を示すも、舌の動きはいっこうに止まらない。

（……くっ！）

敏感な箇所を激しく吸われ、目をカッと見開けば、一瞬にして血の気が失せた。

ベッド脇に置かれた電子機器は、ビデオカメラではないか。

小さな赤いランプがともっており、間違いなく背徳的な行為を撮影しているのだ。

十五歳の少女にとっては、まさに天地がひっくり返るような衝撃だった。

女の子の大切なものは、いつか愛する恋人に捧げたい。

人並みの願望を抱いていたものの、こんな非人道的な事態が自分の身に降りかかろうとは思ってもいなかった。

映像に残れば、これからの人生に大きな影を落とすことになる。

(いやっ、絶対にいやっ!)

必死にもがくも、教師の仮面を被った狼は怯むことなく攻めたてた。

なめくじのような舌が女芯とスリットを往復し、じゅるじゅると啜《すす》りあげる音に総毛立つ。

「はふぅ……最高だぁ」

顔を上げた啓輔の口元は大量の涎で濡れ光り、悪鬼の表情は人間のものとは思えなかった。

「美月のおマ×コ、おいしいよ」

呼び捨てにされ、おぞましさとともに怒りの感情が湧き起こる。

彼との接点は週に二回、体育の授業を受けているときだけなのに、いったい何様のつもりなのか。

キッと睨みつけると、啓輔は鼻で笑って嘯いた。

「どうした? そんな目をして……でも、怒った顔もかわいいね。初めて会ったときから、ずっと夢見てきたんだ。こうなることをね」

教え子を、いやらしい目で一年以上も見ていたとは。

侮蔑《ぶべつ》の眼差しを向けたものの、今の自分はあまりにも無力だ。

どうにかして脱出し、極悪非道の教師を告発しなければ……。

とりあえず周囲を見まわせば、換気扇以外に窓はなく、カメラの反対側にある扉しか確認できなかった。

（きっと、となりの部屋に連れこまれたんだわ）

特権を利用し、女生徒を手ごめにするための部屋を作るとは、聖職者とは思えぬ所業だ。

（絶対に許さない！）

拳を握りしめた直後、啓輔は膝立ちになり、男の中心部がいやでも目に入った。

（あっ!?）

栗の実にも似た先端、えらのがっちり張った雁、ミミズをのたくらせたような血管。

勃起した男性器が、圧倒的な迫力を見せつける。

生まれて初めて目にした欲情の証《あかし》に、美月は恐れおののいた。

とたんに弱気になり、眉尻を下げていやいやをする。

「ふふっ、びっくりしたかい？　男は昂奮すると、みんなこうなるんだ。自分でもグロテスクだと思うけど、女の人はチ×ポをおマ×コに挿れると、すごく気持ちよくなるんだよ」

こんな大きなものが、あそこに入るわけがない。

子供の頃に見た父親のペニスとは、似ても似つかないではないか。

あまりのまがまがしさから目を背ければ、啓輔は股のつけ根に手を伸ばし、敏感な箇所に指をすべらせた。

「ンっ⁉　ンうぅっ！」

指腹がスリット上を往復し、くちゅくちゅと淫らな音を奏でる。

「おやおや、ずいぶんとエッチな音を立ててるんだね。逞しいチ×ポを見て、昂奮しちゃったのかな？」

そんなこと、あるはずがない。

女肉に付着した唾液が、はしたない音を響かせているだけなのだ。

それでも指先がクリットをあやすたびに心地よい感覚が生じ、全身にありったけの力を込めて快美に抗《あらが》った。

「ふっ、今度はクリトリスが大きくなってきたぞ。やっぱり、ここがいちばん感じるのかな？」

「むっ、むふぅっ！」

「ほほう、これはなかなかのボリュームだ。ひょっとして、オナニーの経験があるのかな？」

図星を指され、顔がカッと熱くなる。

自慰行為に手を染めたのは小学六年のときで、シャワーの湯をあそこに浴びせたのがきっかけだった。

指で触ると性電流が背筋を駆け抜け、その日から週に二、三回は独り遊びに耽っていたのだ。人気のある男性アイドルや若手俳優のほか、女性アイドルを対象にしたこともある。身近なところでは、陽菜子も……。

彼らに共通しているのは、愛くるしい顔立ちをしていることだった。

羞恥と自己嫌悪にまみれたところで、無骨な指がスライドを速める。

「ほらほら、気持ちいいなら、我慢せずにイッちゃってもいいんだぞ」

「くっ、ふぅっ！」

瞼の裏で白い光が点滅し、全身が浮遊感に包まれた。

恥骨が自然と迫《せ》りあがり、にっちゃにっちゃと卑猥な音が響きわたった。

こんな男にイカされたくないし、無様な姿も晒したくない。

女のプライドを引き寄せたものの、自分の意思とは無関係に肉体が快感を受けいれてしまう。クリットを縦横無尽に嬲《なぶ》られ、性感がいやが上にも上昇気流に乗った。

「腰がくねりはじめてるぞ！　おマ×コからも、いやらしい汁がどんどん溢れてくるじゃないか！」

嘘だと思いつつも、下品な言葉が胸を抉《えぐ》り、快感のボルテージがリミッターを振りきる。

（あっ、やっ、はっ、だめ、や、やめて……あ、くっ!?）

指先が肉芽を強烈に弾いた瞬間、腰に熱感が走り、恐怖心と怒りの感情が忘却の彼方《かなた》に吹き飛んだ。

脳内がピンクの靄に包まれ、不本意ながらも性の頂《いただき》にのぼりつめる。美月はヒップをぶるっと震わせたあと、うっとりした表情で快楽の海原に身を投じた。

「ふふっ、イッたか……予想以上に性感が発達してて、びっくりしたぞ。まあ、体育会系は総じて性欲が強いと言われてるからな。さて、それじゃ本番といこうか」

啓輔の言葉は耳に届かず、ペニスの先端が膣口にあてがわれていることさえ気づかなかった。

「これだけ濡れてれば、入るだろ……むうっ」

秘所への圧迫感に続き、微かな痛みが少女を現実の世界に引き戻す。

（え、な、何……あっ!?）

とっさに身の危険を察するも、絶頂の余韻はいまだに燻り、腰をよじることすらままならない。

（や、やめて……あぁぁっ！）

最悪の事態に震撼《しんかん》した直後、宝冠部が女の入り口をぐぐり抜け、灼熱の物体が膣道に埋めこまれた。

同時に激しい痛みに顔をしかめ、絶望感が高波のごとく押し寄せる。

「むむっ、やっぱりきついな……行く手を遮《さえぎ》る障害物が、処女膜か？　一気に挿れるから、力は抜くんだぞ」

「くっ、ぐうっ」

身が裂かれそうな感覚に怯んだところで、ペニスはさらに突き進み、やがて膣内をいっぱいに満たした。

（……あぁっ）

ついに、卑劣なケダモノに乙女の大切なものを奪われてしまったのだ。

涙がとめどなく溢れ、今はもう抵抗する気さえ起きない。

「ふふっ、わかるかい？　チ×ポが、おマ×コにずっぽり入ってること。君は、大人の女になったんだよ……おおっ、マン肉がギューギュー締めつけてくる」

非道な教師は臆面もなく言い放ち、右腕を伸ばして口枷のベルトを外す。唇の端から涎がだらりと滴るも、美月は涙で濡れた瞳を天井に向けるばかりだった。

「おおっ、ボールギャグを外しても声をあげないとは！　先生、聞き分けのない子は嫌いなんだ。やっぱり、君は理想の女の子だったんだね」

男は身勝手な主張を口走り、ウエストに大きな手を添える。そして腕の筋肉を盛りあげ、腰の抽送を繰りだした。

「あ、うっ！」

膣肉がひりつき、猛烈な痛みに顔を歪める。

「痛いっ、痛いです！　やめてくださいっ!!」

頭を起こして訴えても、啓輔はかまわず怒涛の腰振りで膣肉を穿《うが》つ。鮮血に染まったペニスが、まごうことなき処女喪失を知らしめた。

「初めてなんだから、痛いのは仕方ないだろ。我慢しろ」

この男には、人をいたわる気持ちも思いやりもない。

（ひどい、ひどいわ）

肉棒は膣への出し入れを繰り返し、泣きじゃくる合間も膣壁に激痛を与えた。

「おおっ、気持ちいい、おマ×コの中がヌルヌルしてきたぞ。締めつけも強烈で、こりゃたまらん」

「ひ、ひぃっ」

バチバチと恥骨同士が鈍い音を立て、ペニスの先端が子宮口をこれでもかと叩く。

（い、いやっ……もう終わって）

彼は避妊具を着けておらず、中に放出されたら妊娠するかもしれない。それでも、悪夢の時間から一分一秒でも早く解放されたかった。

眉根を寄せて耐え忍ぶなか、ひと際膨張した男根が熱い脈動を訴える。

「ぬおっ、が、我慢できん、イクっ、イクぞっ！」

「く、くふぅ」

腰が目にもとまらぬ勢いで前後し、顎を突きあげて身を仰け反らせる。極太のペニスを砲弾のごとく撃ちこまれ、恐怖とショックに打ちのめされる。

啓輔は剛直を膣から抜き取るや、汗まみれの顔で咆哮《ほうこう》した。

「イクっ、イクっ、お、ほぉぉぉっ！」

鮮血混じりの白濁液が宙を舞い、首筋から胸元に降り注ぐ。

二発目は顎から口元に跳ね飛んだが、美月はもはや何の反応も示さなかった。

「うおおっ、出る、まだ出るぞ！」

その後も熱い滴りの感触は何度も浴びたが、男の声すら耳に届かない。

疲労感に襲われた少女は放心状態のまま、再び意識を遠くに飛ばしていった。

第二章　恥辱と屈辱の浣腸プレイ

1

「あれ、先輩……」

　七月に入ったある日の放課後、部室に向かった陽菜子は、学生鞄を手に階段を下りてくる美月とばったり出くわした。

　翌週には期末テストがあり、今日の練習を終えたら、一週間は部活動を控えなくてはならない。

　陽菜子はきょとんとしたあと、率直な疑問を投げかけた。

「部活、出ないんですか？」

「え、ええ……副キャプテンには伝えたんだけど、今日は体調が悪くて欠席することにしたの」

大会に向けて張りきっていた彼女が、参加せずに帰宅するとは意外だった。

「ごめんなさいね……大切な時期なのに」

「いえ、そんな、謝ることじゃないです」

言われて見れば、彼女の顔色は優《すぐ》れず、伏し目がちの表情からいつもの覇気はうかがえない。

よほど、気分が悪いのだろう。

「お身体、大事にしてください」

「……ありがとう」

精いっぱいの言葉をかけると、美月は儚《はかな》げな笑みを浮かべて答え、目も合わせずにその場をあとにした。

(どうしたんだろ、そういえば……)

彼女の様子がおかしいのは、昨日今日始まったことではない。今週に入ってから元気がなく、練習の合間に塞ぎこむ様子を何度か目にしていたのだ。

土日に、何かあったのだろうか。

（それとも、彼氏とケンカしたとか……そんなことないか）

異性のいない環境で、勉強にスポーツと多忙な毎日を送る彼女に交際相手がいるとは思えないし、そんな話も聞いたことがない。

きっと、女の子の日なのではないか。

（試験が終わる頃には、いつもの先輩に戻ってるはずだわ。予選大会は、三週間後に始まるし）

陽菜子はそれほど深く考えず、部室に向かって駆けだした。

2

電車を途中下車した美月はファーストフード店で時間を潰したあと、閑静な住宅街を俯き加減で歩いた。

一週間前の出来事が頭を掠《かす》め、深い溜め息をこぼす。

暴行を受けた事実は、恥ずかしくて親には話せていない。

相談する相手もなく、少女は懊悩の日々を過ごした。

自分の身に起きた悲劇が信じられず、いまだに悪い夢を見つづけている気がする。

（ううン、夢なんかじゃないんだわ）

破瓜《はか》の痛みは昨日まで残り、入浴するたびに傷口がひりついたのだ。

本来なら登校拒否になっても当たり前なのだが、親を心配させたくないという思いから、美月は悲しみや屈辱、怒りに耐えて登校した。

幸か不幸か、精神力の強さはバレーボールで鍛えられたのかもしれない。

それでも非道な教師と相対する勇気は持てず、体育の授業は二回とも生理を理由に欠席し、教室で自習した。

ところが今日、彼はふてぶてしくも室内に平然と入ってきたのだ。

心配げな様子を装っていたが、裏の顔は忘れようとしても忘れられない。

心臓が萎縮して声もあげられぬまま、狼に見据えられた子羊のように震えた。

彼は笑顔を絶やさず、一定の距離を保ったまま、自宅マンションの名称と住所、部屋番号を告げ、「午後四時に待ってる。来なかったら、どうなるか、わかってるな」と言い残して出ていったのである。

予想はしていたが、あの男は一度きりの接点では満足できなかったのだろう。

己《おのれ》の欲望を発散するために、またもや接近してきたのだ。

行きたくない、絶対行かない。そう思っても、破廉恥なビデオが彼の手元にある限り、無視することはできなかった。

迷いに迷った挙句、美月は啓輔の住むマンションに足を向けたのである。

話し合うのだ。自分の気持ちを必死に伝えれば、きっとわかってくれるはず。

(ビデオも……返してもらわないと)

このときの美月は切羽詰まった状況にあり、人生経験の拙さから完全に冷静さを失っていた。

相手は神聖なる学舎《まなびや》で、教え子を強姦した男なのだ。

理屈など通用するはずがなく、まさしく蜘蛛の巣にかかった羽虫同然だった。

(この……マンション?)

レンガ色の外壁、洒落《しゃれ》た花壇を脇にあつらえたエントランス、広々としたロビー。

美月は、八階建ての豪奢な建物を呆然と見あげた。

こんなマンションに住んでいながら、学園内でも個室を与えられているとは……。

理不尽な大人の世界に、どす黒い感情が込みあげる。

(いけない……約束の時間を過ぎてるわ)

少女は足早にエントランスへ向かい、備えつけのパネルボタンの数字を部屋の番号順に押した。

『はい、どなた？』

スピーカーからざらついた声が聞こえ、緊張に身を竦《すく》める。

「あ、あの……大倉です」

『部屋の鍵は開けておくから、そのまま入ってきて』

インターフォンが切れると同時にエントランスのガラス扉が解錠され、少女は息をひとつ吐《つ》いてから歩を進めた。

ピカピカの通路を突き進み、エレベータに乗りこんで最上階のボタンをプッシュする。あまりの恐怖から、心臓が今にも口から飛びでそうだ。

スカートのポケットに手を入れ、防犯ブザーを握りしめる。

啓輔とは距離を取り、少しでも近づいてきたら、悲鳴をあげてブザーを鳴らすつもりだった。

(二人きりになるのはいやだけど、誰にも聞かれたくない話だし……あ、生徒相談室があったじゃない)

いくら動揺していたとはいえ、なぜ思いつかなかったのだろう。

今となっては、あとの祭り。覚悟を決めたものの、エレベータが八階に到着しても、身体がなかなか前に出ない。

なんとか足を踏みだすも、極度の緊張から雲の上を歩いているようにおぼつかなかった。

(八〇一号室……いちばん端の部屋だわ)

長い通路を突き進み、角部屋の前で立ち止まる。部屋番号を確認してからインターフォンを押すも、いくら待っても返答がない。

(そうだ、鍵は開けておくから入ってきてと言ってたっけ)

ドアノブを回し、隙間から室内を覗きこむと、白いタイル張りの間口が目に入る。

(部屋の中も……広いわ)

とたんに、不安の影が押し寄せた。

これほどの高級マンションなら防音設備は整っており、防犯ブザーはもちろん、大声を出しても周囲には聞こえないのではないか。

(やっぱり……安全な場所で会ったほうがいいかも)

恐怖心を募らせた刹那、背後に人の気配を感じて悪寒《おかん》が走る。

「何を迷ってるんだい？　早く入りなよ」

「ひっ!?」

どこに潜んでいたのか、悪徳教師は室内ではなく、外で待ち受けていたのだ。彼は後ろから手を伸ばしてドアを開け、分厚い胸で美月の背中をぐいぐい押しこんだ。

必死に抵抗するも、逞しい肉体はビクともしない。

「い、いやっ」

「言っただろ？　聞き分けのない子は嫌いだって」

室内に押しこまれて唖然とするなか、後ろ手で鍵を閉める音が冷たく響く。

少女は学生鞄を床に落とし、土足のまま部屋の奥へ駆けだした。

内扉を開け、真正面の大きな窓ガラスに向かってリビングを突っ切る。ベランダに出て助けを呼ぼうと考えたが、窓は閉まっており、鍵を外す余裕もなかった。

「あらら、ひどいな……靴のままで、上がりこむなんて。あとの掃除が大変だよ」

「近寄らないでください！　それ以上近づくと、これを鳴らしますから」

ポケットから防犯ブザーを取りだすと、啓輔は肩を竦めておどける。

「そんなもの用意したって、なんの意味もないよ」

「人が来たら、困るんじゃないですか!?　警察を呼ばれたら、先生の悪事は全部ばれてしまいますよ！」

「ふふっ」

「何が、おかしいんですか!?」

「君が気の強い性格だとはわかっていたけど、まだ世間知らずだよ。集合住宅とはいえ、他人のことなんて気にしてる奴なんていないさ……それに、この部屋は最上階の角部屋だし、大声を出したって聞こえないよ」

「試してみますか？」

「どうぞ……警察沙汰になったところで、困るのは君のほうだけどね」

ふてぶてしい態度に憤怒《ふんど》し、身が小刻みに震える。

ブザーの紐を握りしめた瞬間、啓輔はキッチンカウンターに置かれたリモコンを手に取り、左サイドにある大型テレビの電源をつけた。

「このリモコンは、ディスクレコーダーと連動しててね。もし警察が来たら、これも押収されちゃうかな？」

画面に現れた映像を目にしたとたん、心臓を鷲掴みにされる。

ベッドに拘束され、啓輔に犯されているシーンが延々と流れ、美月は目を逸らして哀願した。

「や、やめて……消してください」

「警察が来る前に、この動画はインターネットのポルノサイトにアップするつもりだ。世の中には、ロリコン男が多いからね。君のバージン喪失のシーンは、あっという間に拡散するはずだよ」

「そ、そんな……」

恥ずかしい動画を親や友人に観られたら、とても生きていけない。

絶望感から防犯ブザーを落とし、悔しさに唇を嚙みしめる。

「君に選択権はないんだ。俺の指示には逆らわないこと、呼びだしをかけたら、すぐに駆けつけること。わかったな？」

悪魔が間合いを詰めてくると、拒絶反応を起こした美月は部屋から逃げだそうとした。すぐさま腕を摑まれ、激しく抵抗する。

「は、離して！」

「それは、無理な相談だな」

生まれてこのかた、殺してやりたいほど人を憎いと思ったことはない。

美月は拳を男の鼻面に叩きつけ、金的を膝で蹴りあげた。

「うぐっ！」

怯んだ隙に手を振り払おうとするも、啓輔は目尻を吊りあげて腕を引っ張る。

「い、いやっ！」

二度目のパンチは空を切り、お返しとばかりに大きな手が左頰を張った。

「きゃっ！」

目眩《めまい》を起こすほどのビンタに身体が吹っ飛び、ソファの角に後頭部を打ちつける。

「あ、あ……」

頭の芯と耳の奥がジンジン疼き、失神状態に陥《おちい》った少女はそのままずるずると崩れ落ちた。

3

（おほぉ、いてえ）

淑《しと》やかな外見からは想像できない美月の反撃に、啓輔は面食らった。

拳骨で殴られたうえに、男の急所に膝蹴りまで食らわすとは……。

もっとも気の強い一面がなければ、部員らを引っ張っていけないのかもしれない。

ツツッと滴った鼻血を手の甲で拭《ぬぐ》い、あこぎな感情を炎のごとく燃えあがらせる。

「ふん、こりゃ手厳しいお仕置きが必要だな」

啓輔は絨毯の上に横たわる少女を一瞥したあと、ソファの上に置いていたバッグを開け、中から小さな箱を三つ取りだした。

すかさず美月に歩み寄り、腰を落としてプリーツスカートをたくしあげる。すらりとした長い足に、牡の肉が早くも反応した。

（なかなか色っぽい下着を穿いてるじゃないか）

生地の上部にひらひらのフリルをあしらったパンティが、神々《こうごう》しい輝きを放つ。

ビーナスのえくぼに指を添え、純白の布地を捲り下ろせば、張りのある丸々としたヒップがふるんと揺れた。

下着を足首から抜き取り、裏地を剝きだしにさせて汚れを確認する。

グレーのシミとレモンイエローのラインがうっすら刻印され、鼻を近づければ、甘ったるい芳香と仄かな乳酪臭が劣情を催させた。

（部活は休ませたし、今日はそれほど蒸し暑くもなかったからな。それにしても、この匂い……たまらんな）

鼻を近づけて恥臭を嗅げば、ペニスはパブロフの犬とばかりに反り返る。

（おっと、浮かれてる場合じゃない……これは、おみやげにもらっておこう）

啓輔は丸めたパンティをズボンのポケットに入れ、ぎらついた目を無防備と化した下腹部に向けた。

ローファーと紺のソックスを脱がせ、片足を肩に担いで恥部を露《あらわ》にさせる。

「おおっ、ビューティフル！」

乙女の花園は色素沈着がいっさいなく、いつ目にしても惚れぼれしてしまう。

裏の花弁もピンク色で、かわいいつぼみに感嘆の溜め息が洩れた。

箱を開け、イチジクの形をした物体を取りだし、先端のキャップを外して放射線状の窄まりに押し当てる。

ノズルを肛穴に差し入れると、違和感を覚えたのか、美月は眉をピクリと震わせた。

「う、ううン……あ」

「おっ、気がついたか？　動くなよ」

「やっ、やっ！」

もがいたところで丸いボディを押しこむと、彼女の動きがピタリと止まる。

「あ、くっ！」

「そのまま、じっとしてるんだぞ」

啓輔は続けざまに二本目と三本目も浣腸し、多量の薬液を腸内に注入した。

美脚を床に下ろし、眉間に皺を刻む少女を楽しげに見つめる。

「薬が漏れないよう、全身に力を込めて踏ん張るんだぞ」

何をされたのか、察しがついたのだろう。

美月はハッとして顔を上げ、怯えた眼差しを向けた。

抵抗する力を奪うには、最大の羞恥地獄に貶《おとし》めるのがいちばん手っ取り早い。人なら誰もが持つ尊厳や倫理観を、根底から打ち砕いてやるのだ。

啓輔はゆっくり立ちあがり、ほくそ笑みながらキッチンを回りこんだ。

「先生、びっくりしたぞ。殴られたばかりか、金蹴りまでされるなんて。不能になったら、どう責任を取るつもりだ？」

自身の悪逆な行為を棚に上げ、皮肉たっぷりに言い放つ。

冷蔵庫からミネラルウォーターを取りだし、喉を鳴らして飲み干すあいだ、美月は絨毯に横たわったまま腰を小さく揺すった。

「チ×ポが、まだちょっと痛むぞ。あとで、ちゃんと治療してくれよ」

慌てる必要はない。あとは、そのときが訪れるのを待つだけでいいのだ。

「そうそう、ビーチバレーのメンバー、もう一人は思案中と言っていたが、ようやく決まったぞ。誰だか、知りたいかい？」

この状況でも反抗心は消え失せないのか、少女を顔を上げて睨みつける。啓輔はカウンターに肘をつき、余裕綽々の表情で話を続けた。

「君の意見を聞きたかったけど、まだ時期尚早かな？　もう少し協力的になってくれないと、信用できないからな」

「あ、あ……」

　クスリが効いてきたのか、美月の顔が苦悶に歪み、なだらかな額がうっすらと汗ばむ。さらには腹を手で押さえ、両足をくの字に折り曲げた。

「バレーボールの予選大会を敗退した場合、八月の上旬に君を含めたメンバー二人と合宿をするつもりだから、心にとめておいてくれよ」

「……ください」

「ん？　なんだ、はっきり言ってくれないと、聞こえないぞ」

「お手洗いに……行かせてください」

「我慢できないのか？」

「……できません」

「そんなふうには見えないけどな。ううん、どうするか……そうだ、自分から素っ裸になるのなら、行かせてあげてもいいぞ」

「……え？」

「いやなら、そこで漏らすことになるが、どうする？　俺は、極悪人じゃないからね。君に選ばせてあげるよ」

究極の選択を突きつけ、トイレに通じる内扉の前に移動する。腕を組んで静観すれば、美月は拳を握りしめ、いよいよ下腹部の震えが全身に伝播《でんぱ》した。

両手をついてゆっくり立ちあがり、リボンタイを外してブラウスを脱ぎ捨てる。

腹痛は定期的に襲いかかるのか、ボタンを外す手の動きが何度も止まり、そのたびに口元が引き攣った。

（ふふっ、いくら力《りき》んでも無駄だよ。ぐずぐずしてるぶんだけ、恥ずかしさも増すことになるんだから）

異性の前で自ら全裸になるのだから、抵抗があるのは当然のことだろう。

それでも強烈な便意には為す術《すべ》もなく、ブラジャーを外し、スカートのファスナーを下ろす姿に気が昂《たかぶ》る。

「パンティは脱がしたから、手間が省《はぶ》けるだろ？」

含み笑いを洩らすと、タータンチェックの布地が足元に落ち、贅肉のいっさいない美しい裸体が晒された。

彼女は右手で股間、左腕で胸を隠したが、汗まみれの顔は真っ青だ。

「は、裸に……なりました……お手洗いに……行かせてください」

いよいよ切羽詰まったのか、声はやけに小さくてたどたどしい。啓輔は満足げに頷き、内扉を開けて廊下側に促した。

「約束だからな、連れていってあげるよ」

「ひ、一人で行きます！」

「場所がわからんだろ、この部屋の間取りは２ＬＤＫで、客間もトイレや浴室の扉も似てるからな」

「教えてください……あっ」

またもや腹痛に襲われたのだろう、美月は目を閉じ、脚線美をぷるぷる震わせる。

「押し問答をしてる暇はないぞ、絨毯を汚されたら大変だからな」

嫌みっぽく言い放つと、覚悟を決めたのか、彼女はそろりそろりと歩を進めた。

「こっちだ」

「く、くうっ」

学園一の美少女が今、地獄のような苦しみを味わっている。

高嶺の花を自分のレベルまで落として悦に入るも、お楽しみはこれから。数分先には、ゾクゾクするほどのクライマックスが待ち受けているのだ。

啓輔は笑いを嚙み殺し、いちばん手前のドアノブに手をかけた。

「着いたぞ」

振り向きざま声をかけると、美月も立ち止まり、さもつらそうに身を屈《かが》める。便意が限界に近づいているのか、冷や汗が顎からだらだらと滴った。

「さ、入れ」

扉を開け放つと、少女は一も二もなく室内に駆けこむ。そして、あっという声をあげて立ち尽くした。

啓輔が連れこんだ場所はトイレではなく、浴室の脱衣場だったのだ。

あとに続き、細い手首を握りしめて折戸を開く。

「さあ、たっぷり出していいぞ」

「あ、あ……お手洗いじゃないです」

「残念だな、うちのトイレはここなんだ」

「そ、そんな……あ、くうぅっ！」

彼女はかぶりを振ったものの、低い呻《うめ》き声をあげ、同時に下腹から低い雷鳴音が轟《とどろ》いた。

「だめだぞ、こんなとこで漏らしちゃ。便器まで、あとちょっとなんだから」

この状況では、もはやトイレに向かう余裕はないはずだ。

軽く手を引っ張るも、覚悟を決められないのか、美月は一歩も動かない。

再びゴロゴロと音が鳴り響くと、ようやく浴室内に足を踏み入れた。

「バスタブ、跨《また》げるか？」

「で、出ていってください」

「それは請け合えんよ。教師として、最後まで見届ける責任があるからな」

真面目な顔で身勝手な論理を振りかざし、シャワーヘッドを手に取る。

美月は怒りに打ち震え、ナイフのように尖った視線を向けた。

（ふふっ、その調子だ。高潔な女ほど、地に落としたときの昂奮は倍増するからな）

胸を弾ませたとたん、限界に達したのか、みるみる泣き顔に変わる。

「お願いです……一人にしてください」

「だめだと言ったろ。早くバスタブに入って、しゃがめ」

「……ああっ」

彼女は嘆息し、眉尻を切なげに下げる。そして腰をぶるっとわななかせたあと、忙《せわ》しなくバスタブの中に入り、指示どおりに腰を落とした。

「そうそう、尻を排水口のほうに向けて……すぐに湯をかけてやるからな」

水栓を捻り、手のひらで水温を確認しつつ、少女の様子を固唾《かたず》を呑んで見守る。

（さあ、親にも見せたくない恥ずかしい姿をたっぷり見せてくれよ）

口角を上げたものの、いくら待っても一触即発の瞬間は訪れない。訝《いぶか》しげに様子を探ると、全身に力を込めているのか、顔が真っ赤に染まっていた。

（くくっ、いや、さすがは絶世の美少女、立派だよ……そりゃ、排泄シーンなんて人に見せたくないもんな）

果たして、どこまで踏ん張れるのか。

嬉々として待ち受けるなか、雷鳴音の響く間隔が次第に狭まる。

「く、くう……お願いです」

「ん、なんだ？」

「目を、目を瞑《つむ》っていてください」

リミットいっぱいを伝える懇願に、啓輔の昂奮もピークに達する。

「耳も塞いで……ください」

「おいおい、目を閉じたら汚物を処理できないし、耳を塞ごうにも、俺はシャワーヘッドを手にしてるんだぞ。無理に決まってるだろ」

「あ、ああっ」

美脚に続いて、桃尻が小刻みに震えだす。

（むう、この体勢で真上からの位置じゃ、尻の穴が見えんぞ）

やはり、クライマックスのシーンは目にしておきたい。さも当然とばかりに、啓輔は少女の肩に手を伸ばした。

「ほら、尻をもっと排水口に向けて」

「あ、やっ、さ、触らないで……あ、あっ、あぁぁっ」

美月は顎を上げ、戦慄《せんりつ》に目をカッと見開く。そして顔をくしゃりとたわめ、ストップモーションさながら身体の動きを止めた。

（おっ、見えるぞ！）

肛門括約筋が盛りあがり、間髪を入れずに猛烈な破裂音が浴室内に反響する。

「あ、ああっ！」

悲愴感たっぷりの声が耳に届いた直後、裏の花弁からチョコレートブラウンの液体が噴きだし、バスタブの側面を派手に打ちつけた。

「お、おおっ！」

歓喜の声をあげ、美少女の排泄シーンを目に焼きつける。

限界まで我慢していたせいか、はしたない排出はいつまで経っても終わらない。

鼻が曲がるほどの臭気に、啓輔は冷笑を浮かべた。

「かはぁ、すごいにおいだな。かわいい顔して……やっぱ、臭いものは臭いわ」

侮蔑《ぶべつ》の言葉を投げかけても、彼女は虚ろな表情で天を仰ぐばかりだ。

シャワーの湯をヒップにかけ流したところで噴出がストップし、華奢《きゃしゃ》な肩が左右に揺れる。

よほどのショックだったのか、美月は前のめりに倒れこんで失神した。

4

意識を取り戻すと、美月はベッドの上に寝かされていた。

啓輔が股のつけ根に顔を埋《うず》めていたが、今は何の感情も湧かない。先ほどの出来事が現実のことだとは思えず、魂を抜かれたような感覚だった。

「おっ、お目覚めかな？」

全裸の男がうれしそうに問いかけ、顔を背けて視線から逃れる。

このまま、中等部を卒業するまで慰み者にされるのか。

まともな理屈が通用する相手ではなく、凌辱《りょうじょく》シーンのビデオがある限り、無慈悲な要求を拒絶する選択肢すらないのだ。

（もう……どうでもいいかも）

人としての尊厳をボロボロにされ、今の美月は自暴自棄に陥っていた。

「おマ×コの痛みは、なくなったのか？」

今の自分にできることといえば、ひたすら無反応を貫くだけ。力尽くで身体を奪われても、心までは言いなりにならない。

粗野な質問を無視すると、ごそごそと音が聞こえ、やがて膣口にひんやりした感触が走った。

続いて異物が体内に侵入し、不本意ながらも顔をしかめて身をよじる。

「答えてくれないから、勝手にバイブレーターを挿れさせてもらったよ。チ×ポより細いから、痛くはないだろ？」

「うっ……くっ」

オイルらしきものを塗っているのか、下腹部に力を込めても、ヌルヌルの胴体は遠慮なく膣道を突き進んだ。

先端が子宮口に届くや、低いモーター音が鳴り響き、バイブとやらが微振動を繰り返す。もちろんアダルトグッズを使用した経験は一度もなく、膣内粘膜を襲う不可思議な感覚にたじろいだ。

「あ、あ……」

「ふふっ、どうだい？　なかなか強烈だろ？　これでも、いちばん弱いやつなんだよ。もう一段階上げると……」

「……ひっ!?」

　胴体はさらに回転率を上げ、自然と身が仰け反る。怯えた視線を向けた直後、啓輔はバイブの下方にあるスイッチを押し、凄まじいバイブレーションに恥骨が自然と迫《せ》りあがった。

「あ、やぁぁあぁっ」

「や、じゃなくて、気持ちいい、だろ？」

　誰が、気持ちいいものか。

　絶対に感じない。シーツに爪を立てて睨みつけるも、気持ちとは裏腹に快感のタイフーンは徐々に勢力を増した。

「もっともっと、気持ちよくさせてやるぞ」

「……あ」

　啓輔が空いた手で下腹を押さえつけると、密着度が高まり、胴体が膣肉をこれでもかと掻きまわす。

　さらには親指でクリットを撫でさすられ、肉体が性の悦びに打ち震えた。

「あ、く、くうっ」

自分の身に、何が起きているのか。

強姦に続いて浣腸と、乙女の純情を木っ端微塵に砕かれ、殺してやりたいほど憎い相手なのだ。

この状況で快感を得るなんて、ふしだらどころか変態ではないか。

シーツを引き絞って肉悦に抗《あらが》うも、指とバイブレーターは性感ポイントを的確に攻めたてた。

「ンっ、ンっ、ンっ！」

「我慢せずに、イッてもいいんだぞ。どんなに気持ちが強くても、女の身体はか弱いものだ。強情を張らずに、身を委ねろ！　これからは何があっても、先生がお前を守ってやる!!」

啓輔の言葉が呪文のように聞こえ、全身がふわふわした感覚に包まれる。

ディルドウに媚薬が塗布されていたとは思いも寄らず、美月は大股を広げたまま天空に舞いのぼった。

「あ、あ、や、やあぁぁっ」

「ほら、イッちまえ！」

「ひぃぃぃっ」

バイブが目にも止まらぬ速さで抜き差しを繰り返し、ひりつく媚肉を縦横無尽に掘り起こす。

性感が上昇のベクトルを描き、甘い戦慄が人間的な感情を一気に呑みこむ。

「あ、あ、あ、はぁぁぁっ」

エンストした車さながらヒップを震わせ、少女は絶頂への螺旋《らせん》階段を一足飛びに駆けのぼった。

「おおっ、処女を失って一週間とは思えないイキっぷりじゃないか」

からかいの言葉は耳に入らず、陶酔のうねりにどっぷり浸る。

えも言われぬ高揚感に包まれた少女はヒップをシーツに落とし、釣りあげられた魚のように身をひくつかせた。

「美月がエッチな姿を見せつけるから、先生も我慢できなくなっちゃったよ」

バイブレーターが膣から引き抜かれ、ベッドがギシッと軋む。熱い肉の塊《かたまり》が秘唇の谷間にあてがわれても、少女はまだ快楽の波間をたゆたっていた。

「挿れる前に、もう一人のメンバー候補を教えてやるよ……鎌田陽菜子だ」

頭に浮かんだ後輩の顔は、ペニスの先端がとば口に押しこまれるや、シャボン玉のように消え失せた。

「さあ、挿れるぞ」

「……あ」

圧迫感は微かにあるものの、痛みは少しもなく、肉刀の切っ先がさほどの抵抗もなく膣内に埋めこまれる。

「むっ、相変わらず狭いが、かなりこなれてる……この前と、感触が全然違うじゃないか」

奥に向かって突き進んだペニスが子宮口を小突くと、美月は眉をハの字に下げた。

ついに、人の皮を被った悪魔と二度目の交情を結んでしまったのだ。

「また、ひとつになれたな。先生はうれしいぞ」

彼はそう言いながら身を屈め、分厚い舌で唇を舐めまわす。不思議と気持ち悪いとは思えず、口腔に唾液を注ぎこまれても鳥肌は立たなかった。

「ゆっくり動くからな。自分が気持ちいいと思う方向に、腰を動かすんだ」

「あ、うっ」

啓輔は耳や首筋にキスをし、スローテンポの抽送でペニスの出し入れを始めた。

前回と比べると、痛みはほぼなく、膣の中の引き攣りもない。

緊張に身を強《こわ》ばらせようにも、大量に排泄したためか、下腹部に力がまったく入らないのだ。それが、極太の男根を受けいれる要因のひとつとなった。

腰のスライドがピッチを上げ、脳裏で白い火花がパチッパチッと弾けだす。

無意識のうちに腰をくねらせれば、身体の中心に青白い性電流が駆け抜け、少女は戸惑う一方で熱い吐息をこぼした。

「あ、あ、あはぁぁっ」

「どうだ、セックスも悪くないだろ？　数をこなしていけば、どんどん気持ちよくなるんだぞ」

この男の言葉を、信用してはいけない。頭の隅でふと思うも、快感は渦を巻いて迫りあがり、結合部からにちゅくちゅと卑猥な水音が洩れだした。

「このいやらしい音、聞こえるか？　お前の愛液が、チ×ポに絡みついてる音だぞ」

「あ、やっ」

「認めたくなくても、れっきとした事実なんだよ。自分でも、わかってんだろ？　身体が、俺のモノを受けいれてるのは」

羞恥心に火がつき、同時に肉体の中心部が火照りだす。

「ああっ、気持ちいい、お前は最高の女だ」

啓輔は身を起こし、腰を抱《かか》えあげて怒濤《どとう》のスライドを繰りだした。

「ひっ!?」

火箸のような男根が、深い結合から媚肉を抉《えぐ》りたてる。横に張りだしたえらが膣天井を摩擦するたびに、頭の中が飽和状態と化す。

「あ、あ、あぁぁあっ!」

「はあはあ、これから先生が女の悦びを一から教えてやるからな」

雄々しい波動を撃ちこまれ、恥骨同士がバツンバツンと乾いた音を発した。

情け容赦ないピストンの連続に、快感の度合いがどんどん増していく。

体温が急上昇し、生まれて初めて味わう甘い戦慄に生毛《うぶげ》が逆立った。

男への憎悪が忘我の淵に沈み、今は胸の高鳴りを抑えられない。

「む、おおぉぉぉっ!」

「いひぃぃぃっ!」

マシンガンを思わせるピストンに奇声をあげ、悦楽の奔流に足を掬《すく》われる。

奥歯を噛みしめて堪《こら》えるも、もはや自分の力ではどうにもならず、少女は沸点に向かってのぼりつめていった。

瞼の裏で七色の光がきらめき、昂奮のパルスに身を灼かれる。煮え滾《たぎ》った熱い思いが内から迸《ほとばし》り、腰が勝手にくねりだす。

「イクっ、イクぞぉぉ！」

「く、ぐうっ」

肉槍の穂先が子宮口を貫いた瞬間、美月は目が眩むほどの快美に身を打ち揺すった。脳波が乱れ、今は自分がどこにいるのかわからない。

未知の世界に旅立ち、長い手足をビクビクとひくつかせる。ペニスが膣から引き抜かれ、下腹に熱い滴りを浴びても、脳幹はバラ色に包まれたままだった。

「はあはあ……かわいい奴だ」

口元にキスを受けても嫌悪は微塵もなく、背徳と倒錯の愛欲に身も心も蕩ける。

高潔な少女が、卑劣漢の軍門に降《くだ》った瞬間だった。

第三章　覗き見たレオタードの食い込み

1

七月下旬、夏期休暇が始まり、バレーボール部は一週間の合宿に入った。

学園の寮に寝泊まりし、予選大会優勝を目指して気合いが入る。

合宿五日目を迎え、エースの美月はもちろん、陽菜子や他の部員らも真摯《しんし》な態度で練習に取り組んだ。

休憩の合間にタオルで汗を拭き、スポーツドリンクを口にしてひと息つく。

(いいなぁ、体操部は……体育館を広く使えて)

強豪として知られる体操部は体育館の三分の二を、バレーボール部は残りのスペースを練習場所にあてていた。

(実績がないんだから、羨《うらや》んでも仕方ないよね……今度の大会で結果を残せば、待遇もよくなるはずだわ。今年は強化合宿を張ったんだし、なんとかして勝たないと!)

予選大会の開始は、いよいよ明日から。やる気を漲《みなぎ》らせるや、美月がにこやかな顔で近づき、陽菜子は緊張に身構えた。

「調子、いいみたいね」

「え、ええ、バッチリです」

「寮の生活は……どう?」

「食事は栄養バランスを考えて作られてるし、問題ありません」

「確かに食事はね……部屋は里帰りした寮生が使ってるものだから、気になることもあるんじゃない?」

「そんなことないです! 角の一人部屋を用意してもらって、とても気が休まりますし、合宿は今日で終わりですから」

「そう、よかった……セッターはチームを支える司令塔だから、変なところで気を悪くさせてるんじゃないかと心配してたのよ。不満はないみたいで、安心したわ」

「はい、ありがとうございます!」

美月は肩を軽く叩いてから踵《きびす》を返し、陽菜子は感激に胸を震わせた。

一時期は元気がなかったが、血色がよく、やはり取り越し苦労だったようだ。

ときどき考えこむ素振りはあったが、キャプテンともなれば、いろいろと悩みや気苦労があるのだろう。

他の部員への配慮も忘れず、自分もこうなりたいと改めて思う。

(でも、先輩……前とは、雰囲気がちょっと変わったような……)

言葉ではうまく言い表せないが、女っぽくなったというか、身体つきが以前にも増して丸みを帯びた気がする。

年頃を考えれば、ごく当たり前のことなのか。

美月は背が高く、早熟だったとしても不思議ではない。

(あたしも、来年の今頃は魅力的になってるのかな)

憧れの先輩を目標にしつつ、優しい言葉をかけられたことに、未熟な少女はうっとりするばかりだった。

2

その日の夜、寮の部屋で寝支度を調えていると、ドアがノックされ、陽菜子は眉をひそめた。

時刻は、午後十一時。厳しい練習で疲れており、明日の試合のことを考えれば、早く身体を休めたい。もしかすると、何か緊急事態が発生したのか。

「……はい」

小声で答えてから歩きだすと、ドアの下方の隙間から封筒が差し入れられ、怪訝《けげん》な表情で足を止めた。

(だ、誰?)

不気味な展開に怯え、しばし呆然と立ち尽くす。

陽菜子は仕方なく封筒を拾いあげ、中から取りだした便せんに目を通した。

〈大切な話があるから、今から体育倉庫に来てほしいの　誰にも知られたくないので、照明はつけないでください　美月〉

「この丸っこい字、先輩の手紙だわ！」

予選大会の前日に大切な話とは、いったい何だろう。

試合に対しての注意事項か、それとも……。

いや、バレーボールの件で体育倉庫に呼びだすとは考えられない。

間違いなく誰にも見られたくない、聞かれたくない話なのだ。

（ひょっとして、愛の告白とか……きゃっ）

眠気や疲労感が吹き飛び、胸が甘くときめく。

陽菜子はさっそくジャージに着替え、一目散に部屋を飛びだした。

通路脇にあるスチール製の扉を開け、非常階段を音を立てずに下りていく。

息を潜めてうかがえば、あたりは静まりかえり、人影はどこにも見られなかった。

（先輩、もう倉庫に行ってるのかな？　待たせるわけにはいかないわ）

坂道を駆け下り、ひっそり佇《たたず》む校舎の裏手に回っても、美月の面影を思い浮かべれば、怖くもなんともない。

息を切らして体育館まで走り抜けると、心臓が早鐘を打ち、あまりの緊張で唾も飲みこめなかった。

（やだ……体育館の照明もついてないわ。先輩、ホントにいるのかな？）

意を決し、鉄の引き戸をそっと開けて中を覗きこむ。

窓から月明かりが射しこみ、館内はそれほど暗くない。体操部の備品がそこかしこに置かれたままで、中にこもった汗混じりの熱気が頬をすり抜けた。

誰もいない講堂に入り、扉を閉じてから奥にある体育倉庫に目を向ける。

（あそこで……先輩が待ってるんだ）

脇目も振らずに一直線に突き進むも、陽菜子の顔は次第に曇っていった。

引き戸が五十センチほど開いており、倉庫内も照明がついていなかったのだ。

（先輩……まだ来てない？）

もしかすると、文面に書かれていた「照明はつけないで」は体育館ではなく、倉庫内のことなのか。

（あの暗闇の中で、すでに待ってるとか……まさか……そんなわけないよね）

恐るおそる近づき、目を凝らして中をうかがう。

「……先輩」

倉庫内に一歩足を踏み入れ、小声で呼びかけても返答はない。

（あの手紙……ホントに先輩が書いたものだよね）

ここに来て不安と恐怖心に駆られた少女は、とりあえず照明をつけようと壁伝いに電源スイッチを探った。

次の瞬間、体育館の出入り口から物音が聞こえ、心臓が破裂しそうなほどびっくりする。

(せ、先輩?)

ホッとする一方、息を殺して様子を見守れば、澄んだ声が微かに聞こえ、紛れもなく美月だと思われた。

(あぁ、よかった……私が早く来すぎたんだわ)

改めて照明をつけようとした刹那、男の声が聞こえ、手の動きを止める。

(え……先輩だけじゃないの?)

陽菜子は壁際に身を潜め、首を伸ばして館内を見つめた。

先立って歩いてくるのは美月だが、あとに続く男性は誰なのだろう。

(さ、鮫島……先生?)

白薔薇学園に出入りできる若い男性は限られており、Tシャツとハーフパンツ姿の啓輔に訝《いぶか》しみの視線を注ぐ。

この時間帯に、なぜ彼がラフな格好で校内に現れたのか。しかも、憧れの先輩とともに……。

　訳がわからずに首を傾《かし》げるなか、美月は平均台の真横で立ち止まり、身を反転させて啓輔に向きなおった。

「こんな時間に……困ります。明日は予選大会があるって、伝えたじゃないですか」

「どうしても会いたかったんだから、仕方ないだろ」

「合宿に入ってからは……ほぼ毎日、会ってるじゃないですか」

「迷惑なのか？」

「迷惑じゃないですけど、何もこんな場所で……」

「たまには別の場所で会うのも、おつなものだろ？」

　二人の会話がいまひとつ理解できず、胸が重苦しくなる。

（どうしても会いたい？　ほぼ毎日、会ってる？　ど、どういうこと？　先輩、夜に寮を抜けだして、先生とデートしてたの？）

　ほんのひと月前まで、啓輔はたびたび部活を見学していた。

　美月も不思議そうな顔をしていたが、彼らの様子を目にした限り、恋人関係を築いているとしか思えない。

　この一カ月のあいだに、急接近したのだろうか。

（先生……先輩のことが好きで、練習を見にきてたのかな？）

不安げな顔に変わる頃、啓輔はいきなり美月を抱き寄せ、唇を重ね合わせた。

脳天を稲妻が貫き、激しいショックに頭の中が真っ白になる。

教師と教え子の恋愛を否定するつもりはないが、尊敬している先輩だけに、実際に目の前で見せつけられると心が乱れた。

それ以上に陽菜子を苦しめたのは、この場所に呼びだされたことで、なぜの嵐が脳裏を駆け巡り、深い悲しみに身が裂かれそうになる。

美月は後輩が特別な感情を抱いていることに気づき、迷惑だと考え、手紙を送りつけたのかもしれない。

私には好きな異性がいる、あきらめてと訴えたかったのではないか。

（それにしたって、こんなやり方……ひどいよ）

少女は思わず涙ぐみ、鼻をスンと鳴らした。

なんにしても、今は逃げだすこともできず、二人の逢瀬をこのまま見守るしかないのだ。

長い口づけのあと、唇がほどかれ、熱い溜め息が洩れ聞こえる。月光に照らされた彼女の容貌はやけに艶っぽく、うっとりしているように見えた。

（もういいよ……早く、どっかに行って）

胸底で願ったものの、啓輔が次に放った言葉に心臓がドキリとする。

「服を脱ぐんだ」

「そんな、今日だけは勘弁してください、明日は……」

教え子が難色を示すと、男性教師は何も言わずにねめつけ、ただならぬ雰囲気に頬が強《こわ》ばった。

「わ、わかりました」

美月は肩を落とし、ジャージのジッパーをためらいがちに引き下ろす。

年上の啓輔が主導権を握っていても不思議はないのだが、最初に感じた甘いムードはすっかり消え失せ、不可解な思いばかりが募った。

（な、なんか変な感じ……先生の顔、怖いよ）

ギラギラした目、口元に浮かぶ冷笑が気味悪く、背筋に悪寒を走らせる。

憧れの先輩は、彼のどこに惹かれて交際したのだろう。

緊張に身を竦《すく》めたとたん、美月は上着を脱ぎ捨て、身を屈めてジャージズボンを脱ぎ下ろした。

（あ、何？　あの恰好）

純白の薄い布地は、レオタードに違いなかった。

なぜ、バレーボール部の彼女が体操部のユニフォームを着ているのか。

しかも大きく抉れた衿元からは胸の谷間が覗き、腰のあたりまで切れこんだハイレグ仕様は際どいゾーンを剝きだしにさせている。

扇情的な姿を目の当たりにし、陽菜子の顔は熱く火照った。

「おお、なんやかんや言っても、やっぱり着てくれたんだ！　俺が、この場所を選んだ理由がわかるだろ？」

「は、恥ずかしいです」

美月は両手を組んで股間を隠し、俯き加減で頰を染める。

淫らなレオタードには驚いたが、月明かりが幻想的な雰囲気を醸しだし、十五歳の少女をエロチックな大人の女性に変貌させた。

胸に手を添え、はしたなくも喉をコクンと鳴らす。

「今さら、恥ずかしがることはないだろ」

啓輔は鼻で笑うや、Tシャツを頭から抜き取り、ハーフパンツの腰紐をほどいた。

(嘘っ、ま、まさか……)

もしかすると、二人は男女の関係を結ぶつもりなのかもしれない。

パンツと下着が同時に下ろされると、ペニスが反動をつけて跳ねあがり、下腹をバチンと叩く。

栗の実にも似た亀頭、がっちりした肉の傘、稲光を走らせたような血管。勃起した男性器を初めて目にした陽菜子は、口を両手で塞いで息を呑んだ。

隆々とした肉根は圧倒的な迫力を見せつけ、一瞬たりとも目が離せない。

明らかに、彼らは深い関係に至っているのだ。

(し、信じられない、まだ中三なのに……)

いくら美月が大人びているとはいえ、あの教師は教え子に破廉恥な行為を強要させている。憤然とし、嫉妬と相まって黒い感情が沸々と込みあげた。

「さ、準備はできたぞ！」

「……あぁ」

啓輔は腰に手を当てて仁王立ちし、美月は切なげな吐息をこぼして腰を落とす。

上品な唇が男根に近づくと、陽菜子は心の中で悲鳴をあげた。

(あ、やっ、やっ！)

口の隙間から差しだされた舌が裏筋を舐めあげ、雁をツッとなぞる。

高貴な先輩が、男性の不浄な性器を口で愛撫しているのだ。

フェラチオの知識こそあるものの、穢らわしいイメージが強く、将来愛する人ができても絶対にしないと固く誓った。

大きなショックに啞然とする最中、美月は口を開いて男根を呑みこんでいく。

啓輔が指示を出さずとも、口元をモゴモゴ動かし、すべすべの頰が飴玉を含んでいるように膨らんだ。

「そうだ、舌も使って……むむっ……だいぶ、うまくなったじゃないか」

「う、ぷっ」

長大な逸物が口の中にみるみる埋めこまれ、美しい少女が苦しげに呻《うめ》く。それでも顔をスライドさせ、上下の唇で肉胴を丹念にしごいた。

「おお、たまらんっ」

よほど気持ちいいのか、悪徳教師は天を仰いで唸る。

捲れた唇が濡れ光り、口の端から涎が垂れ落ちる様がなんともいやらしかった。

嫌悪感でいっぱいなのに、淫らな光景から目を背けない自分が不思議だった。

身体がポッポッと熱くなり、首筋がじっとり汗ばむ。

生唾を飲みこんだ瞬間、啓輔は美月の頭に手を添え、腰をガンガン打ち振った。

「あぶっ、ぶふっ、ぷふぅぅっ！」

猛々しい肉の塊《かたまり》が口への出し入れを繰り返し、唾液が顎を伝ってつららのように伸びる。

（あ、ひ、ひどい！）

イラマチオの存在は知らないため、荒々しい行為は暴力にしか見えなかった。

じゅぽっ、びちゅ、じゅぷっ、ぶぽっ、じゅぱぱぱぱっ！

淫靡な音が響くと同時に美月は目尻に涙を溜め、眉間に縦皺を刻む。

息苦しくないのか、気持ち悪くないのか。陽菜子は手に汗を握り、自分のことのようにハラハラした。

「おっと……このままイッちまったんじゃ、もったいないからな」

口から引き抜いたペニスは玉虫色に輝き、牡の象徴を自慢げに振りかざす彼の顔はまさに悪鬼としか思えない。

（こんなの、絶対に認めない！　もしかすると先輩、何か弱みを握られてるんじゃ）

そう考えれば、手紙を送りつけてきた理由も少なからず理解できる。

告発したところで、証拠がなければ、うやむやにされてしまう可能性があり、目撃者がほしかったのではないか。

もし、彼女が助けを求めているのだとしたら……。

（ど、どうしたらいいの？）

すぐにでも飛びだして二人を引き離したいが、とてもそんな度胸はない。

明日にでも、男性教師の悪行を学園側に訴えるべきか。

（その前に、先輩と話し合わないと……あぁっ）

気まずい雰囲気を想像しただけで、泣きたくなる。

降って湧いた人生の一大事に、少女の小さな胸は今にも張り裂けそうだった。

3

（ふふっ、見てるな）

陽菜子に手紙を届けたのは美月ではなく、啓輔だった。

学校の裏門や寮の非常階段に通じるドアの合鍵を作り、警備員の夜の見回り時間も調べあげ、計画的に第二の獲物を貶《おとし》める計画を練ったのだ。

非常口にいちばん近い部屋をあてがわせ、美月には事前にレオタードの着用を命じた。手紙を出したあとは階段下の植えこみに身を隠し、ターゲットが寮から出てくるのを見届けてから美月をスマホで呼びだしたのである。

（丸っこい字をまねて書き、体育倉庫の扉も前もって開けておいたのさ）

穢れなき聖少女は、どんな顔で上級生の口唇奉仕を覗いているのだろう。考えただけで牡の肉が反り勃ち、ふたつの肉玉が持ちあがる。

（暗闇の中で独りぼっちはかわいそうだが、お前を堕とすための布石だからな。我慢してくれよ……その代わり、びっくりするものをたっぷり披露してやるからな）

イラマチオをストップさせ、ペニスを口から引き抜けば、美月は後ろ手をついて咳きこんだ。

涙目で胸を波打たせる姿が、嗜虐心を大いに奮い立たせる。

もちろん彼女は、かわいい後輩が体育倉庫に潜んでいる事実を知らない。伝えていたら、羞恥心からさすがに淫らな姿は見せられなかったろう。

（それじゃ面白くないし、レオタードを着させたのも、性奴隷と化した姿をあの子に見せつけるのが目的だからな）

美月の腕を摑んで立たせ、背後に回ってヒップを撫でさする。

「あ、やっ」

「や、じゃないだろ。いやらしいレオタードを着おって」

「だって、それは先生が……」

「口応えするな！　いいから、身を屈《かが》めろ」

「え、あ……」

啓輔は背中を軽く押し、平均台に手をつかせるや、左足を抱《かか》えあげて肩に担いだ。

この体勢なら、陽菜子のいる位置からもはっきり見えるはずだ。

股のつけ根が露《あらわ》になり、布地面積の少ないクロッチが割れ目に食いこむ。ベビーピンクの大陰唇が剝きだしになり、牡の欲情を峻烈《しゅんれつ》にあおった。

「あ、あっ」

「なんだ、このシミは？」

股布の中心に浮かんだ淫らなシミを指摘し、片膝をついて好奇の眼差しを向ける。

美月は間違いなく、口戯の最中に感じていたのだ。

（ふふっ、ずいぶん感度がよくなったじゃないか。イラマチオまでさせたのに）

自宅マンションで二度目の情交に及んだあと、生理の期間を除き、ほぼ毎日のように快楽を吹きこんできた。

呼びだしをかければ、困惑顔で啓輔のもとを訪れ、いやよいやよと言いながらも結局は股を開くのだ。

もちろん合宿のあいだも別館の個室に連れこみ、女の悦びを肉体に刻みこんだ。

さまざまな性技をレクチャーし、最近ではクリットを弄《いじ》っただけでオルガスムスに達するようになったのである。

(予想を上まわる好結果だな……さあ、堕落した姿を後輩に見せつけてやれ！)

陽菜子は純真無垢な少女だけに、美月の協力なくしての陥落はありえない。

啓輔は恥部に手を伸ばし、内腿から大陰唇、そして布地にくっきり浮きでたマンスジを指で撫でつけた。

「あ、あ、あ……」

「おいおい、どうした？　シミが、どんどん広がっていくじゃないか」

「あぁン……先生」

艶声が館内に響き、酸味の強い淫臭があたり一面に立ちこめる。

(そうだ、もっと色っぽい声を出してくれよ)

指のスライドを開始すると、右足がぷるぷると震えだし、白い肌にサーッと赤みが差した。

スケスケの布地に浮かんだ肉芽を集中的にこねまわし、絞りあげたクロッチをさらに食いこませてツンツンと引っ張る。

「あ、はあああぁ、先生！」

「なんだ？」

「だめ、だめです」

「何が、だめなんだ？」

「そんなことしたら……イッちゃいます」

「何？　この程度で、もうイッちまうのか？　なんて、いやらしい奴なんだ！」

「だって……」

「言い訳は許さんぞ、どうしてほしいんだ？」

「あ、あ、ほ、ほしいです」

「何がほしいんだ？」

体育倉庫をチラ見しつつ、無粋な質問を投げかける。これまでは頑なに淫語を発しなかったが、今日ばかりは彼女の口からはっきり聞きたい。

高貴な美少女は困惑していたが、敏感な箇所をしつこく攻めたてると、下腹部のひくつきが全身まで波及した。

「い、挿れて……ください」

「何を、どこに挿れるんだ？　ちゃんと言わないと、わからないぞ」

「あ、あ……」

「黙っているなら、これ以上は何もしてあげないからな」

「そ、そんな……」

クロッチはすでに大量の愛液でぐしょ濡れになり、布地を通して今にも垂れてきそうだ。若芽をつまんでクリクリ回すと、内腿が小刻みな痙攣を起こし、膝がガクッと折れた。

「も、もう……立ってられません」

「はっきり言うんだ！」

やや強い口調で命じれば、美月は上体をくねらせ、バラのつぼみにも似た唇を微かに開く。

「おチ×チンを……」

「聞こえないぞ、もっと大きな声で！」

「おチ×チンを……おマ×コに挿れてください」

「よし、よく言った！」

先輩の口から放たれた性器の俗称を、初心《うぶ》な後輩はどんな顔で聞いたのか。

想像しただけで胸が騒ぎ、睾丸の中の樹液が暴れまくった。

股間の中心に淫靡な視線を注ぎ、愛蜜にまみれたクロッチに手を伸ばす。このレオタードは船底を分離させることが可能で、恥部を隅々までさらけ出せるのだ。股布の両脇にある小さなホックを外せば、伸縮性のある布地がウエストまで跳ねあがり、乙女の花弁が剝きだしにされた。

陰唇はすでに大きく捲れ、しっぽり濡れた膣内粘膜はひくついている状態だ。クリットも包皮から顔を出し、ルビー色の輝きを燦々《さんさん》と放った。

「おいおい、大変なことになってるぞ……大洪水じゃないか」

「あっ、やっ……恥ずかしいです」

「手で隠しちゃ、だめだぞ。ちゃんと見せないと」

「あ、ふうっ！」

指先でスリットをなぞり、クコの実にも似た陰核をピンピン弾く。

性感が極限まで研ぎ澄まされているのか、美月は掠れた声で喘ぎ、まろやかなヒップをふるんと揺らした。

「お望みどおりに挿れてやるが、その前に……」

啓輔はさも当然とばかりに、中指と薬指を膣口にあてがい、ゆっくり押しこんだ。

「……あ」

「まずは、指でマン肉をこなれさせないとな」

「あ、あ、あ……」

とろとろの媚肉がキュンと締まるも、かまわず突き進め、指先を軽く曲げてスライドを開始する。梅干し大のしこりを撫でさすりつつ抽送を速めれば、美少女の細眉がくしゃりとたわんだ。

「おマ×コの中、ぐちゅぐちゅじゃないか……この音、聞こえるか？」

ふしだらな水音が高々と響き、愛の雫がポタポタ滴り落ちる。

肉悦を享受《きょうじゅ》した女体とこの猥音を見聞きし、陽菜子は今、何を思うのか。軽蔑しているのか、それとも……。

啓輔はあれこれと妄想し、懸命なスライドを繰り返した。

強烈な締めつけに指先が赤く染まり、オイルをまぶしたように照り輝く。膣肉が早くも収縮を始めると、歯を剝きだしてスパートをかけた。

「あ、だめ、だめです！」

「何が、だめなんだ!?」

「おかしく……なっちゃいます……あ、ひぃぃぃいっ！」

黄色い悲鳴が空気を切り裂き、あえかな腰がくなくな揺れる。

目に滴る汗も、なんのその。血管の浮きでた腕をこれでもかと振りたて、指腹でG

スポットをこすりたてると、やがて秘裂からジャッジャッと大量の湯ばりが迸《ほとばし》った。

（おおっ！　ついに、ここまで来たか!?）

初めての潮吹きに目を細め、さらに指先で肉洞を掻きまわす。しぶきは四方八方に飛び散り、床に透明な池だまりをいくつも作った。

「あふっ……あふっ」

淫水が途切れたところで足を下ろせば、美月は肩で息をし、その場にしゃがみこむ。

「ほら、床を見てみろ」

「あ、やぁぁっ」

はしたないお漏らしが、よほど恥ずかしかったのだろう。少女は肩越しに淫水を確認するや、慌てて目を背けた。

（ふふっ、さてと、そろそろ最終仕上げといくか）

体育倉庫を一瞥してから美月に歩み寄り、細い肩に手を添える。強引に立たせても、下半身に力が入らないのか、足元がおぼつかない。

もはや羞恥心はかけらもないのか、恥部を隠そうともしなかった。

「お望みどおり、チ×ポを挿れてやるぞ」

「……あぁン」

「こっちに来い」

紅潮した目元がやたらあだっぽく、獣じみた欲情を刺激する。待ち侘びた肉筒がブンブンと頭を振り、亀頭の先端はすでに我慢汁で溢れかえっていた。

4

想像を絶する卑猥なプレイの連続に、陽菜子は顔色を失っていた。

いやらしいレオタード、強引な口での奉仕。さらには足を抱えあげ、奇怪な格好から膣内を指で蹂躙《じゅうりん》したときは卒倒しそうになった。

あの様子を目にした限り、美月はすでにバージンではないのだろう。しかも彼女はそれほどの抵抗を見せず、なんと失禁までしたのだ。

啓輔の粗野な物言いもショッキングで、まともな恋人関係を築いているとは思えない。それとも、これが男女の当たり前の営みなのか。

なんにしても、憧れの人が繰り広げた媚態は、大切に慈しんでいた花壇を蹴散らかされたような衝撃だった。

(あ、やだ!?)

啓輔が美月の手を引っ張り、こちらに歩いてくる。

まさか、倉庫に入ってくるのではないか。慌てふためくも、二人は段違い平行棒の前で止まり、陽菜子はとりあえず安堵の胸を撫で下ろした。

「そこの棒を摑んで、足を開くんだ」

「え……こうですか？」

美月は言われるがままサイドバーを片手で握り、足を左右にゆっくり開く。

鶏冠のように突きでた女肉の尾根、狭間《はざま》から覗く鮮やかな赤い粘膜と、自分の簡素な縦筋とは大違いだ。

啓輔は彼女の真正面で腰を落とし、デリケートゾーンに顔を埋めた。

股間の中心は頭で遮《さえぎ》られたが、ピチャピチャと卑猥な音が聞こえ、美少女の顔が愉悦に歪む。

（あ、やらしい……あそこを舐めてるんだわ）

自分がされているような錯覚に陥り、陽菜子は身を屈めて股のあいだに手を差し入れた。

女の園は疼きっぱなしで、悶々とした感情を抑えられない。

おそらく先輩と同様、はしたない分泌液が溢れているのではないか。

思いだしたくない過去の出来事が甦《よみがえ》り、やるせない気持ちになる。

（あたし……痴漢されたときも、下着を汚したんだわ）

各駅停車の電車に乗り換えたせいか、不埒《ふらち》な男はあれから姿を見せない。

決して安心したわけではないが、それ以上に痴漢されて感じてしまったことがいまだに心の傷として残っているのだ。

（今度は、先輩と先生のエッチを覗き見して濡らしちゃうなんて……あたし、どうしちゃったんだろ）

美月が上体をくねらせるたびに、陽菜子は内腿をすり合わせた。

よほど気持ちいいのか、裸体は汗の皮膜をうっすらまとい、桜色に染まった頬が月明かりに照り輝く。

真剣に交際しているのか、関係を強要されているのか。今となってはどうでもよく、全神経が目の前の男女の痴態だけに集中した。

性への好奇心が頭をもたげ、肉体にも多大な変化が生じているのは疑う余地のない事実だ。

「あンっ、やンっ、だめ、先生……あはぁぁンっ」

鼻にかかった声がやけに耳にまとわりつき、胸の膨らみが忙《せわ》しなく波打つ。口の中がカラカラに渇き、舌で何度も唇をなぞる。陽菜子は知らずしらずのうちに、股のあいだに差し入れた手で乙女の恥丘を撫でさすった。

（あ……やっ）

官能の微電流に身震いし、腰をもどかしげにくねらせる。

指先を蠢《うごめ》かすと、性感は上昇の一途をたどり、めくるめく快美に膣の奥がキュンとひりついた。

「あ、ぅぅンっ、やンっ……先生」

「なんだ？」

「またイキそうです、イッても……いいですか？」

「いいぞ、いつイッても。やっぱり、クリトリスを舐められるのがいちばん感じるんだな……ほら、舌先で皮を剝いて、お豆に吸いついて……」

「ひぃうっ！」

苦渋に満ちた顔は、決してつらいのではない。美麗な先輩は、紛れもなく性的な昂奮を募らせているのだ。

啓輔は舌を縦横無尽に蠢かし、乙女のホットポイントを攻めたてているのだろう。

陽菜子の指の動きも徐々に速度を増し、下腹部が甘ったるい感覚に包まれる。やがて、美月は慎《つつ》ましやかに昇天していった。

「あ……イクっ、イクっ……イックぅ」

白い喉を晒し、腰が前後に激しく振られる。イクという現象は、じっとしていられないほどの快楽を与えるものなのか。

絶頂経験がないだけに実感こそ湧かないが、自分もいつかは同じ感覚を味わうことになるに違いない。理想の男性像を頭に思い浮かべた刹那、二人は体位を入れ替え、美月が張りつめたヒップを向けた。

啓輔は平行棒の真下に敷かれた厚みのあるマットに腰かけ、両手を広げて誘いをかける。

「さあ、こいっ」

ペニスは依然として反り返り、裏茎にも強靭《きようじん》な芯が注入されたままだ。先輩は前髪を掻きあげて大股を開き、剛直の上を跨《また》いでヒップを沈めた。

（あ、う、嘘っ）

今、まさに二人は一線を越えようとしている。認めたくはないが、十メートルほど離れた場所で起こる現実から目を背けられない。

あんな大きなモノが、膣の中に入るのか。避妊具も着けずに、妊娠が心配ではないのか。息を潜めて見つめるなか、膨張した先端が割れ目にあてがわれ、陰唇が目いっぱい広がった。

（あ、あ……入っちゃう）

二枚の唇が宝冠部をぱっくり咥えこみ、啓輔の手が尻肉を割り開く。結合部を遮るものは何もなく、恥ずかしい箇所は丸見えの状態だ。

「あ、く、くうっ」

美月の顔は見えないが、苦しげな声を耳にした限り、やはりきついのだろう。

緊張に身構えた瞬間、張りだした雁が膣口を通り抜け、勢い余ってズブズブと埋めこまれた。

「あ、はああっ！」

「ふふっ、だいぶ慣れてきたんじゃないか？　一気に奥まで挿れるぞ」

啓輔が腰を突きあげ、恥骨同士がピタリと密着する。

（……ああっ）

教師と教え子の背徳的な関係が現実のものとなり、陽菜子は胸底で嘆息した。

裏切られたような気持ちになる一方、男と女の迫力ある営みには呆気に取られるばかりだ。

上背があるとはいえ、小さな入り口が巨大なペニスを受けいれている事実がいまだに信じられない。おそらく美月は痛みに耐え、涙ぐんでいるのではないか。

そう考えた直後、腰が微かにくねり、ヒップがスッと浮きあがった。

(……あっ)

膣から姿を現したペニスはねっとりした分泌液をたっぷりまとい、ぬらぬらと照り輝いている。グロテスクな光景に目を見張ったのも束の間、美月は小振りなヒップをゆったり揺すりはじめた。

「あ、あぁ」

「おおっ、自分から腰を振るんだ?」

「勝手に……動いちゃうんです」

「それだけ、気持ちいいということだ。お前は、もう完全に大人の女だな」

啓輔が褒めたたえると、腰のスライドが熱を帯び、双臀が丸太のような太腿を軽やかに打ちつける。

「あ、あ……いい、気持ちいいです」

言葉どおり、彼女は快楽を全身全霊で受け止めているのだろう。結合部からとろみの強い愛液がたらたら滴り、泡状と化してペニスの根元にへばりついた。

「む、むむっ」

美月の肢体の向こうで、低い呻き声が洩れ聞こえる。太腿の筋肉がひくつきはじめ、啓輔もまた肉悦に打ち震えているのだ。

いなり寿司を思わせる陰嚢がキュンと吊りあがり、膣内への出し入れを繰り返す肉棒がいちだんと反り返った。

「俺も動くぞっ！」

「あ、ひぃぃぃぃっ！」

ビデオの早送りさながら、剛槍が怒濤《どとう》のピストンを繰りだす。しなやかな肉体がトランポリンをしているかのように弾み、高らかな嬌声が耳をつんざいた。

(あ、す、すごい)

獣としか思えぬ男女の交情に度肝を抜かれ、瞬きもせずに一点を見つめる。

ぐちゅ、ぐちゅ、じゅぷっと、卑猥な肉擦れ音が途切れなく聞こえ、鋼の蛮刀が膣深くを何度も突きあげる。

汗まみれの肉体が絡み合い、熱気といやらしい匂いが陽菜子のいる位置まで漂ってきそうだ。

美月は髪を振り乱し、今や歓喜の歌声を延々と張りあげていた。

「いや、いやあぁぁっ、すごい、気持ちいいですっ！」

「もっともっと気持ちよくなれっ！　何度でもイカせてやるからな!!」

「くひっ!?」

啓輔が腰をグリッと回し、今度は小刻みなピストンで牡の波動を送りこむ。

美月は天を仰ぎ、なだらかな背を白蛇のようにくねらせた。

「ああっ！　イクっ、イッちゃいますっ!!」

「俺もイクっ、イクぞっ！」

「いっしょに、いっしょにイッて……あ、くはあぁぁっ！」

啓輔が猛烈な勢いで恥骨を突きあげ、バツンバツンという打音に続いて艶めいたヒップが何度も引き攣る。

「イクイクっ、イックぅぅっ！」

ソプラノの声が響いた瞬間、膣からペニスが引き抜かれ、おちょぼ口に開いた鈴口から濃厚なエキスがびゅるんと放たれた。

(ひっ!?)

欲望のエネルギーは高々と跳ねあがり、いつ終わるとも知れぬ放出を繰り返す。迫力に満ちた射精に、初心な少女は唖然とするばかりだった。

「……先生」

館内に静寂が戻るや、美月が太い首に手を回し、赤子のようにしがみつく。

彼女は今、何を考えているのか。

背を向けた状態なので、表情から心の内は読み取れない。

陽菜子は惚けたまま床に腰を落とし、火照る女陰を両手で強く押さえつけた。

第四章　発情した乙女の花園

1

翌日の七月二十九日、金曜日。

予選大会が始まるも、白薔薇学園は一回戦で呆気なく敗退した。

美月はいつになく動きが鈍く、陽菜子もミスを連発してチームの足を引っ張った。

昨夜の出来事を思い返せば、当然の結果なのかもしれない。

エースは下半身に踏ん張りがきかず、セッターは寝不足気味で判断能力が低いのだから、この状態で勝てるわけがないのだ。

試合後、美月は泣いていたが、陽菜子はただ塞ぎこむばかりだった。

今は悔しさや怒りはなく、虚しさだけが込みあげる。

（レギュラーになってからの努力は、何だったのかな？　先輩だって同じ気持ちのはずだし……どう思ってんだろ）

夜遅くの逢瀬を後悔しているのか、それともあの涙は見せかけなのか。

ひとつだけはっきりしているのは、彼女は試合よりも異性との甘いひとときを優先したということだ。

事を済ませたあと、陽菜子は彼らが体育館から出ていくまで倉庫内に潜みつづけるしかなかった。

寮に戻ってもショックで寝つけず、朝を迎えてしまったのである。

この日の美月はやけに無口で、必要以上の会話は交わしていない。

もしかすると、あのあとも啓輔と二度目の交歓をしたのではないか。

（今日の先輩、説明できないほどひどかったもん。きっと……そうだよ）

彼女は、どういうつもりで手紙を送りつけたのか。いまだに疑問は残ったままだが、もはやどうでもよく、バレーボールへの情熱が薄れかけていた。

（もう……やめようかな）

着替えを済ませるあいだ、他の部員らも肩を落とし、まるで通夜《つや》のような雰囲気だ。

「陽菜子、何ボーッとしてるの？　帰るよ」

「うん、お手洗いに寄るから、先に行ってて」

「……そう、わかった」

同じ二年生の部員に帰宅を促《うなが》されるも、今は一人になりたい。

誰もいなくなってから、少女は俯き加減で更衣室をあとにした。

(戻ったら、ミーティングするのかな？　帰宅の準備もしなければならないし……ああ、憂鬱《ゆううつ》)

溜め息をつきながら会場を出たところで、背後から声をかけられる。ドキリとして振り返ると、啓輔がにこやかな顔で佇んでいた。

なぜ、この男が予選の会場にいるのか。

昨日の今日だけに、どす黒い感情が胸の奥で渦を巻く。

彼が美月に手を出さなければ、二回戦に進出していたかもしれないのだ。

「やあ、惜しかったね……でも、よくがんばったと思うよ」

「何の……用ですか？」

「いや、ちょっと君に話があってね……時間、取れないかな？」

「無理です。寮に戻って、家に帰る準備をしなきゃいけないし」

「そんなに手間は取らせないよ。喫茶店でもかまわないし、裏の駐車場に車を停めてるから、その中でもいいよ」

「どんな話ですか？」

「もちろん、部活動のことさ。大倉さんにも関係あることだよ」

「せ、先輩も!?」

本来なら顔を合わせるのも苦痛な相手だが、美月の名が出た以上、無視はできない。どういうつもりで彼女に関わっているのか、真意を聞きだすチャンスでもある。

「……わかりました」

「お、そうか、疲れてるとこ、悪いね！　それじゃ、すぐに行こうか」

昼の時間帯、周辺は応援に来た観客や他校の関係者で賑《にぎ》わっている。よもや、この状況で不埒《ふらち》な行為には出られないだろう。

それでも警戒心は解かず、距離を置いて彼のあとに続く。

会場の裏手にある駐車場も人がまばらにおり、いざとなれば悲鳴をあげて助けを呼べるはずだ。

「さ、どうぞ」

啓輔はワンボックスカーの前で足を止め、後部座席のドアを開いて中に促した。

ウィンドウにはカーフィルムが貼られており、透過率が低い。密室状態と化す不安から、陽菜子はやんわり断った。

「車の外でいいです。疲れているので、簡潔に済ませてください」

「そう……わかった。じゃ、さっそく本題に入るが、ビーチバレー部を作ろうと思ってるんだけど、君も参加してくれないかな？」

あまりの唐突な物言いに、少女はぽかんとした。

冗談ではないかと訝しむも、啓輔は柔和な顔で言葉を重ねる。

「実は、ビーチバレーの大会が来月の十日にあってね。そこでいい成績を残せば、部として認められるんだ」

「来月の十日って、もうすぐじゃないですか。いくらなんでも、突然すぎます」

「すまんすまん……でも、バレーの基本はできてるはずだし、難しいことはないと思うんだ。どうだろう？　ぜひ、参加してほしいんだがな」

「そ、それで、部活動を見にきてたんですか？」

「そうだよ」

突拍子もない誘いに即答できるはずもなく、少女は素朴な疑問を投げかけた。

「先生、バレーボールの経験はあるんですか？」

「あ、ああ、高校のときにね……実は先輩といざこざがあって、チームプレイというやつが苦手だったんだな。ビーチバレーは二人ひと組でするスポーツだろ？　そんな事情から興味を持つようになって、大学のときに始めたんだ」

饒舌《じょうぜつ》ではあるが、目が泳ぎ、どうにも説得力に欠ける。それでも啓輔は、畳みかけるように言葉を浴びせた。

「ビーチバレー部のある高校は少ないし、君らほどのセンスがあれば、優勝も決して夢じゃないと思うよ」

「君らって、まさか……」

「おっ、察しがいいね。大倉さんにも誘いをかけて、オーケーをもらってるんだ」

「ホ、ホントですか!?」

「ああ、ずっと断られてたんだけど、ようやく了承してくれてね。それで、君への勧誘も遅くなってしまったんだよ」

美月と啓輔がどのようなかたちで接点を持ったのか、ようやく理解できたが、昨夜の出来事を目撃した以上、素直に首を縦には振れない。

そもそも、予選敗退直後に誘いをかけてくる無神経さも納得できなかった。

（最初から、負けることを願っていた感じだわ……まさか……!?）

全国大会の開催日は八月下旬、予選大会で優勝した場合、当然のことながらビーチバレーなどしている余裕はない。

もしかすると、美月の動きが鈍かったのは、啓輔の依頼を叶えるために手を抜いたのではないか。

もしそうだとしたら、絶対に許せない。

(でも……先輩は昨日、明日は試合があるからって、はっきり断ってたし……もう、何がなんだかわからないよ)

苦渋の顔つきをするも、啓輔はかまわずに説得を続ける。

「もう一人のメンバーは君を考えてると言ったら、すごく喜んでたぞ」

二人が特別な関係でなかったら、ふたつ返事で引き受けたかもしれない。

陽菜子は唇を噛み、喉元まで出かかった言葉を呑みこんだ。

美月と真剣交際をしているのか、彼女のことを本気で愛しているのか。

どうしても確認しておきたいが、なぜそんなことを聞くのかと問われたら?

昨夜の行為を覗き見したとは、どうしても言えそうになかった。

「もちろん、今すぐとは言わないけど、ビーチバレーの大会まで間がないから、なるべく早く答えを聞かせてほしいんだ。五日後の八月三日から、二泊三日の合宿を考えてるんでね」

「が、合宿……五日後ですか？」

「そう」

「ど、どこでやるんですか？　学校の寮ですか？」

「いや、できればビーチのある場所でしたいんだ。体育館のフロアじゃ、感覚がまるで違うしね。臨海学校などで使用する如月《きさらぎ》寮があるだろ？　あそこを、第一候補として考えてるんだが……」

合宿場所すらまだ決めておらず、どうにも胡散《うさん》臭さは否めない。返答せずにいると、男性教師は目尻を下げて懇願した。

「とにかく大倉さんとよく相談して、いい返事を聞かせてよ……ねっ？」

教え子に手を出した教師に心境を問うよりも、気心の知れた先輩に聞いたほうが安心だし、手っ取り早い。

「わ、わかりました」

「おっ、そうか、学校まで送ってくよ」

「けっこうです、電車で帰りますから」

頭をペコリと下げ、駆け足でその場から離れる。啓輔がしたり顔で酷薄の笑みを浮かべていることに、陽菜子はまったく気づいていなかった。

2

「はあぁっ」

寮に戻った美月は帰宅準備もできぬまま、沈痛な面持《おもも》ちでベッドに腰かけた。

一回戦敗退という現実が重くのしかかり、後悔ばかりが押し寄せる。

目標にしていた全国大会出場がついえたことで、自動的にビーチバレー部の起《た》ちあげ参加が決定したのだ。

(先生……来週の水曜から合宿するって言ってたけど、本気なのかな)

ビーチバレーは砂浜を使用するスポーツで、練習可能なスポットは限られている。

今から適切な場所を予約できるとは思えず、また寮に泊まりこみ、体育館で仮想練習に取り組むつもりなのか。

(いくら参加校が少ないとはいえ、砂浜の練習なしで勝ち抜けるのかしら?)

いや、その前にビーチバレーは二人ひと組のチームを編成しなければならず、もう一人のメンバーが揃わなければどうにもならない。

昨夜の情事のあと、啓輔から予選大会直後に陽菜子を誘うと聞かされた。

果たして、どんな話し合いがされたのか。

美月は最終的に彼女を説得する使命も帯びており、罪悪感と抵抗感に顔をしかめる。

彼が陽菜子に目をつけているのは、紛れもない事実なのだ。

それがわかっていて、協力しなければならないのだから、気が進まないのは当然のことだった。

(ぼんやりしてても、仕方ないわ……家に帰る用意はしておかないと)

ベッドから立ちあがったところで部屋のドアがノックされ、緊張に身構える。

「は、はい」

「陽菜子です、お話があるんですけど、ちょっといいですか?」

心臓がバクバクと大きな音を立て、次の言葉が出てこない。

啓輔の目論見どおり、彼女は自分の部屋を訪ねてきた。

彼が講じた対応策を、これから忠実に遂行しなければならないのだ。美月はやや青ざめた顔で出入り口に向かい、部屋の扉を静かに開けた。

「お疲れのとこ、すみません」

「……いいのよ、さ、入って」

目を合わせられず、陽菜子がどんな表情をしているのかわからない。

室内に促すあいだも動悸は収まらず、この世から消えてなくなりたかった。

後ろ手で扉の鍵を閉めたあと、先立って部屋の奥に突き進む。そして勉強机から椅子を引きだしたあと、ベッドに座って謝罪の言葉を述べた。

「今日は……ごめんなさいね」

「え？」

「試合のこと……体調が思わしくなくて」

「それは、私も……ミスばかりしちゃって、申し訳ありません」

陽菜子は悔しげに目を伏せ、心がチクリと痛む。

自分の名をかたり、彼女を体育倉庫に呼びつけたことも、行為を終えたあとに啓輔から聞かされた。

はしたない姿をいやというほど見せつけてしまい、羞恥から身が裂かれそうだったが、時間は元に戻せないのだ。

どんな顔でえげつない痴態を眺めていたのか、考えただけで朝まで眠れず、枕を涙で濡らした。

（できることなら、試合に……勝ちたかった）

実力を発揮できなかったのは昨夜の一件だけではないのだが、詳しい事情は口が裂けても言えない。

「あ、座って」

「はい……失礼します」

陽菜子は腰かけるや、真正面からこちらをじっと見据える。険しい眼差しを肌で感じ、心臓がいやが上にも萎縮した。

「今日は、大事な話があって来たんです。さっき、鮫島先生からビーチバレーの誘いを受けました。先輩……ホントに参加するんですか？」

「ええ……あなたも協力してくれると、うれしいんだけど」

「あたし、参加するつもりはないですから」

「……そ、そう」

美月はここで初めて顔を上げ、純情な後輩を物悲しげに見つめた。

(そりゃ、そうよね……断るはずだわ)

ここまでの流れは、啓輔が描いた青写真どおりに進んでいる。

それでも陽菜子から慕われていることは以前から気づいており、はっきり拒絶されると、さすがにショックは隠せなかった。

「あたし、見ちゃったんです……先生と先輩が体育館で会ってるとこ……どうして、あたしを呼びだしたんですか？」

「そ、それは……」

困惑げに口ごもりつつ、チェストの上にある小型カメラをちらりと見やる。

啓輔から事前に手渡されたもので、彼は今頃、別館の個室でこちらの様子をうかがっているのだろう。

すべての事情を話したくても、レイプ映像がある限りは逆らえない。

カメラの電源を停めたり、予定外の行動をとれば、破廉恥な動画をインターネットに流すと脅されているのだ。

「すごく、ショックでした……理由を教えてください」

少女は身を乗りだし、切羽詰まった状況に追いこまれる。美月はやや間を置き、震える唇をゆっくり開いた。

「た、助けて……ほしかったの」

「……え？」

「先生に言い寄られたとき、曖昧な返事をしたせいで、すっかり誤解されちゃって」

「そ、そんな……」

「ほら、この学校、若い男の先生がいないでしょ？　私もちょっとポーッとしちゃってて……キスから最後まで、拒否できないまま……そういう関係になっちゃったの」

ぽかんとする陽菜子を上目遣いに見つめ、あまりの恥ずかしさに身を焦がす。

啓輔は、純情な女の子だから絶対に信用すると言っていたが、こんな子供じみた言い訳が通用するとは思えない。

それでも彼が会話を聞いている以上、今は打ち合わせどおりの言葉を返すしかなかった。

「だけど、あの先生……すごくしつこくて、こんな関係、もうやだなと思ったの」

「誰かに……相談しなかったんですか？」

「おしゃべりの人たちが多いから、噂が広まるんじゃないかと心配で……唯一、信用できるのはあなたしかいないの」

「そ、それで、あたしを呼びだしたんですか？」

「見た、でしょ？　しつこいところ」

「は、はい、おかしいとは感じてたんです！　予選大会の前日に、しかも先輩は最初にちゃんと断ってたし、それを無視して……あの人、ひどいと思いますっ！」

「はっきり言わなきゃとは思ってるんだけど、一人だと心細くて……」

「先輩、あたしがついてます！　合宿なんて、行かなくていいと思いますっ!!」

「でも、ビーチバレーは以前から興味があって、どうしてもやりたい競技だったの」

心にもない返答をし、良心の呵責《かしゃく》に苛《さいな》まれる。

凌辱映像の存在以上に、今やすっかり性の虜と化した自分が恨めしい。

別れたくても別れられず、あの男に言われるがまま、後輩を合宿参加に引きずりこもうとしているのだ。

(陽菜子……ごめんね)

心の中で謝罪した美月は、啓輔に命じられた言葉を喉の奥から絞りだした。

「合宿中に言うつもりよ、もうおつき合いはしませんって……あなたがそばにいてくれたら、ちゃんと言える気がするの」

少女は目を逸らし、困惑げに眉根を寄せる。

昨夜の衝撃的な光景が、やはり尾を引いているらしい。合宿に参加したくないのは、至極当然のことだ。

美月は恥じらいつつ、これまた事前に用意していた殺し文句を口にした。

「この際だから言うけど、私……あなたのことがずっと好きだったの」

「……え？」

「嫌われるんじゃないかと思って、ずっと言えなかったけど……鮫島先生なんかより、何百倍も好きなの」

この言葉だけは、嘘偽りのない本音だった。

新入生のクラブ勧誘の初日、陽菜子を目にしたときは電流が身を駆け抜けた。

こんなにかわいい子が身近に存在すること自体、信じられなかった。

宝物を見つけたような感動に打ち震え、他の部に取られまいと、熱心な誘いをかけて入部させたのだ。

「ホ、ホントですか？」

コクリと頷《うなず》けば、彼女は胸に手を添え、嬉々とした表情に変わる。

「う、うれしいですっ！　あたしも、先輩に憧れて入部したんです!!」

「まあ、驚いたわ……相思相愛だったのね」

「そうと知ってたら、もっと早く告白したのに」

この年頃の少女が歳上の同性に恋愛感情を抱くのは珍しいことではなく、おそらく啓輔は陽菜子の恋心を見抜き、念入りな計画を立てたに違いない。

(怖い。怖い男だわ)

背筋が凍りつき、腕を抱《かか》えて身震いする。

「ど、どうしたんですか？」

「不安なの……私一人で、先生にちゃんと言えるかどうか。口がうまくて、いつも丸めこまれちゃうから」

「だ、大丈夫ですっ、あたしがついてますから！」

陽菜子は椅子を立ち、となりに腰かけて手を握りしめた。

「合宿に参加します」

「……え？」

「あたし、先輩のそばから片時も離れません。先生にも、いやらしいことは絶対させませんから！」

「……陽菜子」

なんと、純真無垢な女の子なのか。よほど育ちがいいのか、この子は人を疑うことを知らないようだ。それだけに胸が痛み、申し訳ない気持ちに駆られてしまう。

「いつ、先生に言うつもりなんですか？」

「え？」

「交際を断ること」

「え、ええ……合宿最終日の予定よ」

「最終日というと、来週の金曜……ちょうど一週間後ですね。そのときは、あたしもつき合いますから」

「……ありがと」

そう言いながら、華奢な身体をギュッと抱きしめる。

「……あ」

「なんか、ホッとした……陽菜子がいてくれたら、心強いわ」

「あの、先輩……」

「何？」

「は、恥ずかしいです……汗、掻いてるから」

確かに、試合後にシャワーは浴びていない。

自分も汗臭いだろうが、今はどうでもよく、陽菜子のすべてが愛おしかった。

「すごく、いい匂いだわ」

「……あンっ」

首筋に鼻と唇を押し当てれば、甘酸っぱい芳香が鼻腔をくすぐる。

美月は何の迷いもなく、サクランボにも似たリップに自身の唇を重ね合わせた。

3

「おおっ、思い描いていたとおりの展開じゃないか！」

別館の個室で、啓輔はパソコンに映しだされた二人の様子に目を輝かせた。

美月に渡した小型カメラはＷｉＦｉ仕様で、離れた場所から映像をチェックできる代物だ。もちろん録画はしており、陽菜子が合宿参加を断ったときはレズシーンを脅しの材料として使うつもりだった。

（どうやら、その必要はなさそうだな。最初のうちは嫌悪丸だしの顔をしてたが……まあ、昨夜のあれを目にしたら、わだかまりがあって当然か）

美月のほうは打ち合わせどおりの対応をし、後輩が抱いていた不信感をほぐしたらしい。今では、先輩の言葉を信じ切っているように見えた。

陽菜子の家庭環境を調べ、お嬢様育ちで世間知らずだと判断したが、彼女でなくても、人生経験未熟な中学二年が正常な判断能力を持ち合わせているとは思えない。

（バレーボール経験の有無を聞かれたときは、戸惑ったけどな）

中学は卓球部に所属し、高校はどこの部にも入らずに帰宅部だった。

バレーボールに興味はなく、女子ビーチバレーは際どいビキニを堪能する目的で観賞していたにすぎない。

ビーチバレー部の創設は美しい二人の少女を餌食《えじき》にするための小道具であり、大会への出場もおまけ程度にしか考えていないのだ。

（それにしても……憧れ以上に、美月のことが好きだったんだな。まあ、あの年頃の女の子が年上の同性に恋するのは珍しくないけど）

バレーボール部の活動を見学するなかで、陽菜子が美月に特別な感情を抱いているのはすぐにわかった。

真面目でおとなしい女の子だけに、接点のない自分が近づけば、警戒されるのは目に見えている。

信頼している先輩が相手なら、無下な態度は取れないだろう。

読みはズバリ当たり、さらに美月との痴態を見せつけたことで、奥手の少女も性への扉は開け放っているはずなのだ。

今のところ、練りに練った計画は少しの綻《ほころ》びもなく進んでいる。

陽菜子はいやがる素振りを見せず、突然のキスにうっとりしていた。

おそらく、彼女にとってはファーストキスに違いない。美月が胸の膨らみをまさぐると、頬を桜色に染め、鼻からくぐもった吐息をこぼす。

『う、ふンっ』

下腹部に下りた手がジャージ越しのヒップを撫でさすり、やがて二人は口づけをしたままベッドに横たわった。

(おいおい……美月のほうも、すっかりその気じゃないか?)

性的な誘いをかけろとは命じたが、映像を目にした限りでは積極的に振る舞っているように見える。

陽菜子は絶世の美少女だけに、彼女も仄《ほの》かな思いは寄せていたのかもしれない。

しかも小柄で、愛玩動物にも似た雰囲気を与えるのだから、体格のいい女子からすれば、庇護欲がそそられたとしても不思議ではなかった。

(……おっ?)

ジャージズボンが捲り下ろされ、口元をにやつかせて身を乗りだす。

『あ、先輩』

『だ、だめです』

さすがに抵抗感があるのか、後輩は唇をほどいて眉尻を下げた。

『どうして?』

『だって……シャワーも浴びてないし、恥ずかしいから』

視線を逸らして肩を震わせる姿が、食べてしまいたいほど愛らしい。

美月も同じ気持ちなのか、首筋や口元にキスの雨を降らして声を上ずらせた。

『……かわいい』

『あぁン、先輩っ』

ズボンが引き下ろされ、足首から抜き取られると、陽菜子は熱に浮かれた顔つきに変貌していく。

いくら好きな相手とはいえ、ここまでされたら、普通は拒否反応を起こすはずである。間違いなく、昨夜の一件が性の芽生えを促し、一般的なモラルを低下させているのだ。

『気にすることないわ、汗臭いのは私だって同じでしょ？』

『で、でも……あンっ』

美月は前合わせがはだけた上着を脱がせ、Tシャツをたくしあげる。抜けるように白い腹部が緩やかに波打ち、啓輔は垂れそうになる涎を慌てて啜った。

『あら、ブラはしてないの？』

『面倒臭くて、着けなかったんです……あたし、先輩みたいに胸……大きくないし』

『私だって、そんなに大きくないわよ』

小高い丘陵は蒼いつぼみという表現がぴったりで、ベビーピンクの乳暈《にゅううん》と小さな乳頭が可憐さを見せつける。

下半身は陽菜子のほうが肉づきがよく、量感をたっぷりたたえた太腿に胸が妖しくざわついた。

『そんなことありません！　先輩のほうが……あンっ！』

『いいから……シャツ、脱ぎましょ』

美月はTシャツを頭から抜き取り、乳丘をやんわり引き絞る。

続いて乳首を手のひらでくるくる転がせば、後輩は長い睫毛をピクリと震わせ、瞬く間に目をとろんとさせた。

『あ、あ、あ……』

身体の動きがピタリと止まり、天井をぼんやり見つめる姿は快感を得ているとしか思えない。海綿体が熱い血液に満たされ、牡の肉がパンツの下で体積を増す。

(先輩が後輩に迫る姿も、なかなかいい……けっこう、そそるな)

美月は身を屈《かが》め、乳首を口に含んで舐め転がした。

『あ、ふうっ』

しなやかな身体がくねりだし、額と頬が照明の光を反射してテカリだす。

少女の性感が花開いているのは、カメラのレンズ越しでもはっきりわかった。

これまた予定どおり、美月がスポーツショーツの上縁から手を差し入れる。

彼女に伝えた指示は、陽菜子に快楽地獄を味わわせ、できれば絶頂に導くことだ。

(エクスタシーの経験があれば、あとの展開も楽になるからな)

紺色の布地がもぞもぞ蠢き、美少女が顔をくしゃりとたわめる。

『あ、やっ、やっ』

『すごいわ……こんなに感じて』

『あひっ』

ショーツの中からくちゅくちゅと淫靡な音が洩れ聞こえ、陽菜子が泣きそうな顔で身悶えた。

頬はもう真っ赤に染まり、つぶらな瞳がうるうるしている。

「ようし、いいぞっ、そのままイカせちまえ！」

画面に向かって声をかければ、美月の手の動きが激しさを増し、むっちりした太腿が徐々に開いていった。

『あ、あ、先輩』

『陽菜子、かわいいわ……大好きよ』

『だめ……だめです』

『いいのよ、すべてを私に委ねて』

『あ、や、や、やぁぁあ』

美少女は苦痛にも似た表情に変わり、ベッドカバーに爪を立てる。そして今度は両足を狭め、細い顎をクンと突きあげた。

『あ、うっ、うぅぅンっ！』

あえかな腰がぶるっぶるっとわななき、期待どおりの展開に破顔する。

（よくやったぞっ！）

ガッツポーズで喜びを露《あらわ》にすれば、美月の熱い吐息が耳朶《じだ》を打つ。彼女の顔もまた紅潮し、性的な昂奮に駆られているのは明らかだ。

（おいおい……まさか、その先に進むつもりか？）

ワクワクして身構えると、美月はTシャツとジャージズボンに続いてブラジャーとパンティを脱ぎ、美しい裸体を惜しげもなく晒した。

唇を舌でなぞり、快楽の余韻に耽る後輩に熱い眼差しを注ぐ。

長い手がショーツに伸び、ゆっくり捲り下ろされるや、啓輔は陽菜子の恥芯を食い入るように見つめた。

（おおっ……）

ふっくらした恥丘の膨らみに、栗毛色の繊毛が楚々《そそ》とした翳《かげ》りを見せる。足は閉じたままなので、肝心の箇所はまだ確認できない。

紺色の布地が足首から抜き取られ、童顔の少女も一糸まとわぬ姿をさらけ出した。

（背は低いのに、こっちも腰の位置が高くてスタイルがいいじゃないか）

美月はためらうことなく美脚を広げ、啓輔の関心も羞恥の源だけに向けられた。

（おおっ）

陰唇が申し訳程度に秘裂からはみだし、微かに開いた膣口からコーラルピンクの内粘膜が覗く。クリトリスを集中的に攻めたのか、包皮が剝きあがり、小さな肉粒が半透明の輝きを放った。

愛蜜をまとわせた恥肉は、まるで朝露に濡れた花びらのようだ。

（あぁっ、くそっ……もっと近くで見たかったな）

鮮明な画像ではあるが、多少の距離があるため、細部までは確認できず、小型カメラにはズームアップ機能も搭載されていない。

思わず舌打ちするも、啓輔はすぐに気持ちを切り替えた。

（お楽しみは先に奪われたけど、これはこれでいいかもな。それだけ、美月が性に貪《どん》欲《よく》になったということなんだから）

これまでの調教は無駄ではなかった。後悔や罪悪感が頭を掠《かす》めたとしても、肉体は快楽という禁断の実を求めてしまうのだ。

（あいつはもう、俺からは逃げられんよ）

啓輔は視線を横に振り、傍らに置かれた革のバッグをうれしげに見つめた。

中には、購入したばかりの強烈な媚薬が入っている。快感を極限まで増幅させ、しかも破瓜《はか》の痛みを和らげる効果もあるらしい。

陽菜子に使用する光景を想像しただけで、男の分身が昂《たかぶ》った。

射精欲求が募るも、来《きた》るべき瞬間まで溜めておかなければ……。

股間の中心を撫でさすった直後、美月は乙女の花園に顔を近づけ、啓輔の昂奮も最高潮に達した。

4

（あぁ……こんなに……気持ちいいなんて）

初めてのエクスタシーに導かれ、うれしい気持ちと羞恥心が交錯する。

大好きな人の前で、あられもなく大股を開いているとはいまだに信じられない。

身を焦がしながらも、陽菜子の口から拒絶の言葉は出てこなかった。

美月は微笑をたたえ、股のつけ根に顔を寄せる。

「あ、先輩……ひぃン!?」

慌てて頭を起こしたものの、紅色の舌はひと足先に敏感な箇所をとらえ、青白い性電流が身を駆け抜けた。

汗を流していないだけに、汚れていないか、におわないか。不安が頭の中をぐるぐる駆け巡る。それでも舌先はスリットから性感ポイントを丁寧になぞりあげ、肉体に生じた快美が純情な少女を堕淫の世界に導いた。

「く、ふうっ」

まさか、憧れの先輩にあそこを舐められるとは……。

あまりの畏れ多さに身を震わせるも、快感はうなぎのぼりに上昇していく。

陽菜子は引き絞ったベッドカバーを嚙みしめ、腰をもどかしげにくねらせた。

(あ、あ……き、気持ちいい)

舌先がクリットの上で乱舞し、ピチャピチャと猫がミルクを舐めるような音が聞こえてくる。

気品に溢れた先輩が今、自分の不浄な局部に口を押し当てているのだ。

(こんな、こんなことって……)

涙目を向ければ、美月も昂奮しているのか、白い肌が紅潮し、首筋が汗でぬらついていた。

湿った吐息が絡み合い、あたり一面が甘酸っぱい空気に包まれる。

相手は同性なのに、生理的嫌悪は微塵も感じない。それどころか、もっと深い関係になりたい、強固な絆《きずな》を結びたいという思いが膨らんでいく。

「陽菜子のここ、すごくおいしいわ」

「いや、だめ、だめです」

「どうして、だめなの?」

「だって、汚いから……もう……やめてください」

「あなたの身体に、汚いところなんてないわ」

「ひっ!?」

美しい先輩は若芽を口の中に引きこみ、柔らかい口腔粘膜で甘嚙みした。

快楽の稲妻が脳天を貫き、意識せずとも身を反らす。

「だめ……だめっ」

「気持ちよくないの？」

美月は顔を離して悲しげな表情を見せるも、女陰に再び吸いつき、陰唇ごとクリットを吸いたてた。

「あ、ふうぅぅっ！」

快感のパルスに脳波が乱れ、全身の細胞が歓喜の渦に巻きこまれる。肉体は素直に悦楽を享受《きょうじゅ》し、淫液がくっちゅくっちゅと卑猥な音を奏でる。

「く、はあぁあぁっ」

今の陽菜子は、悶絶という表現がぴったりの媚態を晒していた。

先輩の前ではしたない姿は見せたくないが、じっとしていられず、全身が勝手にくねってしまうのだ。

もはや自分の意思ではどうにもならず、随喜の涙が溢れこぼれる。

「はあっ……私も、我慢できなくなっちゃった」

美月は上ずった声で告げるや、身を回転させ、陽菜子の顔を大きく跨いだ。

ぱっくり開いた女肉が目と鼻の先に現れ、驚きに目を見張るも、不思議と不快な気持ちにはならない。

美しい花園だった。すべすべした鼠蹊部《そけい》にこんもりした大陰唇、歪みのない陰唇はもちろん、内粘膜の鮮やかな彩《いろど》りにも目を奪われた。

（き、きれい）

花蜜に群がるミツバチさながら顔を寄せれば、デオドラントの芳香が鼻腔粘膜を刺激する。汗の香りは少しもなく、美月は明らかに制汗剤を振りかけていたのだ。

（先輩、ひどい！）

ムッとはしたものの、嫌いになれるはずもなく、陽菜子は迷わず女陰に唇を押しつけた。

「ンっ!?」

張りのあるヒップがビクンと震え、アンズにも似た味覚が口中に広がる。

垂れ滴る愛液を喉の奥に流しこみ、後輩も負けじと舌をうねらせた。

「はぁ……いい、いいわぁ」

「ンふっ、ンふぅっ」

憧れの先輩と、アブノーマルな体位で互いの性器を舐め合うことになろうとは……。

多大な快感と倒錯的な昂奮に駆り立てられ、性感が沸点までのぼりつめる。

美月はまたもや肉の尖りに唇を被せ、猛烈な勢いで吸いたてた。

（ンっ!? ンっ、ンふぅぅっ!!）

五感が研ぎ澄まされ、脳裏で色とりどりの閃光が瞬《また》く。腰椎が痺れ、感電にも似た甘い衝動に裸身を波打たせる。

陽菜子は二度目のエクスタシーに呑みこまれ、恥骨を激しく打ち揺すった。

悦楽の波は中心部で甘いしぶきと化し、全身に波及して心まで蕩かす。肌の表面が小刻みにひくつき、すべての思考が遙か彼方に吹き飛んだ。

「はあぁ……陽菜子、かわいいわ」

頭の中が霞《かすみ》がかり、言葉の意味さえ理解できぬままベッドがギシッと軋む。目をうっすら開ければ、美月は身を起こし、足を交差させる体勢で腰を突き進めた。

（え……何？）

濡れた花びらを陽菜子の女陰に押し当て、愛蜜がぬちゃっと淫らな音を立てる。

麗しの先輩はそのまま腰をグラインドさせ、快楽の稲妻がまたもや乙女の花芯を貫いた。

「あ、あ……」

「はあぁ、気持ちいい」

「せ、先輩、そ、そんな……」

「自分だけイッちゃうなんて、ひどいわ。私もイカせて」

「くひっ！」

貝合わせの体位など知るよしもなく、最初はびっくりしたものの、甘美な感覚は意に反して上昇カーブを描きだす。

美月は恥骨を振りまわし、性感ポイントをぐいぐい押しつけた。

陰核がひしゃげるたびに子宮の奥がひりつき、陽菜子の腰も自然とくねりだす。

「あぁぁン、先輩っ」

「ああ、すごい、すごいわ……こんなに気持ちいいの、初めてよ……すぐにイッちゃいそう」

淫液が半透明の糸を引き、密着した肌が熱気を帯びて汗ばんだ。

めくるめく肉悦に身を任せ、美月に愛される喜びにこの世の幸せを嚙みしめた。

「先輩、好き、好きです！」

「私も、大好きよ」

「ああ、先輩っ！」

熱い感動が胸の内に広がり、絶頂の高波が怒濤のごとく打ち寄せる。

「ああ、イクっ、イキそう！」

「あ、あ、あ……あたしもイッちゃう、またイキそうです！」

美月が腰をこれでもかとスライドさせ、ピンクパールの芯が上下左右に引き転がされた。

「イクっ、イクっ、イッちゃう！」

「あっ！　イックぅぅぅっ！」

同時に身を反らし、悦の声を張りあげて官能の頂点を極める。

二人は汗まみれの身体をベッドに沈め、湿った吐息を間断なく放った。

素直な気持ちで愛欲を受けいれ、幸福感と安息感を心ゆくまで味わう。

愛する人との交歓は、痴漢男や啓輔のような獣じみた雰囲気は微塵もなかった。

倫理に反した関係とはいえ、後悔は少しもない。

(あたし……あんな先生に、先輩を渡したくない)

合宿のあいだはそばから離れず、彼女が別れを切りだせないなら、自分が代わりにはっきり告げよう。

固い決意を秘めたものの、このとき、少女はまったく気づいていなかった。

美月の頬が、涙で濡れていたことを……。

第五章　羞恥と喜悦のアナル感覚

1

八月三日、水曜日。前日に現地入りした啓輔は、美月と待ち合わせた駅にワンボックスカーで向かった。

真夏の太陽がアスファルトを照りつけるなか、海岸沿いの国道を快調にひた走る。

二泊三日の合宿に向け、期待感がいやが上にも膨らんだ。

副睾丸には牡の証《あかし》が溜まりに溜まり、ペニスは早くも半勃ち状態を維持している。

(慌てるなよ、急《せ》いては事を仕損じると言うからな……勝負は二日目だ)

逸《はや》る気持ちを抑え、最寄りの駅に向かってハンドルを切れば、美月と陽菜子の姿が視界に入った。

（おっ、来てる来てる！）

二人は身を寄せ合って話しこみ、手まで繋《つな》いでいる。中学生でなければ、特別な関係ではと勘ぐられても不思議ではないほどの仲睦まじさだ。

美月の報告では先週の金曜日以降、二人は日曜を除いて毎日会っていたらしい。

互いの家の自室で愛を確かめ合い、陽菜子は何度も絶頂に達したと聞いている。

いたいけな少女が喘ぐ姿を想像しただけで、全身の血が煮え滾《たぎ》った。

（陽菜子にとって、俺は恋敵だからな……初日は、少しでも警戒心を解いてやらんと）

相手が弱々しい女の子ほど、力づくで迫ったのでは面白味がない。

捕らえたネズミをもてあそぶ猫のように、じわじわいたぶるのが、啓輔のサディズムを満足させるのだ。

二人の前で車を停めれば、美月は目を伏せ、陽菜子はあからさまに険しい表情に変わる。啓輔は後部座席のドアを開け、にこやかな顔で声をかけた。

「すまん、待たせたかな」

「いえ、私たちもちょっと前に着いたばかりです」

「そうか、さ、乗れ！　合宿場所に向かうぞ」

「……はい」

美月の様子はいつもと同じだが、陽菜子はひと言の挨拶もせずに車内に乗りこむ。

「よし、出発するぞ」

車を発進させながらバックミラーを確認すると、後輩は先輩の手を相変わらず握りしめていた。

「先生……合宿所、如月寮でいいんですよね？　最寄りの駅、もう少し手前だと思うんですけど……」

「ああ、それが急遽、別の場所に変更になったんだ」

美月の問いかけに、涼しい顔で答える。

今回の合宿場所は彼女にも伝えておらず、当然のことながら陽菜子も気色ばんだ。

「え？　親には如月寮だって伝えたんですけど……」

「ほら、合宿期間は短いだろ？　最高の環境で練習させてあげたいと思ってね」

「ここから近いんですか？」

「ああ、すぐだよ……心配しなくても大丈夫、先生を信じろ」

合宿場所に到着したら、さぞかしびっくりするに違いない。

美月はもちろん、敵意剝きだしの陽菜子も……。

頑《かたく》なな美少女も、明日には咽《むせ》び泣きの声をあげることになる。

大いなる期待に胸を弾ませつつ、啓輔はアクセルを強く踏みこんだ。

2

車は十五分ほど走り、緩やかな坂道を登ったところで停車した。

学校の正門のような門扉《もんぴ》と、二階建ての白亜の豪邸に目を丸くする。

(な、何……ここ?)

「先生、合宿場所って……」

美月が問いかけると、啓輔は肩越しに笑顔で答えた。

「鮫島家の別荘だよ。如月寮は他の部が利用するみたいで、部屋が空いてなかったんだ。かといって、今からじゃ、どこの旅館や民宿も予約は取れないからな」

「べ、別荘……」

父親が学園の理事長をしているとはいえ、どれだけのお坊ちゃまなのか。

陽菜子も仰天したのか、口をあんぐりさせている。

「夕食は、近場のレストランでとるつもりだ。スタミナはつけておかないと、練習にならないからな」

啓輔はニコニコしながらリモコンを手に取り、横幅の長い門扉を開いた。

広い庭には中央に円形の噴水が設置され、左サイドには車五台分は停められる車庫がある。建物には大きな窓がいくつもあり、どれだけの寝室があるのか、見当もつかなかった。

「とりあえず、家の中を案内するよ」

啓輔は玄関前に車を停め、エンジンを切って車外に出る。そしてズボンのポケットから鍵を取りだし、玄関扉を開けて振り向いた。

「おい、何ボーッとしてるんだ？　早く来なさい」

「あ、は、はい……陽菜子」

「え、あ、はい」

バッグを手に車から降り、キョロキョロとあたりを見まわす。周囲にこの別荘以外の建物はなく、裏手は海なのか、潮騒《しおさい》が微かに聞こえた。

「さあ、どうぞ」

玄関口に足を踏み入れるや、美月は感嘆の溜め息をこぼした。

豪勢なシャンデリア風の照明、広い間口に足首まで埋まりそうな絨毯。真正面にはカーブを描いた階段があり、御殿のような別荘に開いた口が塞がらない。

「あぁ……シューズクロークもある」

陽菜子の声は完全に上ずり、そわそわと落ち着きなく肩を揺する。

啓輔は靴を脱いでスタスタと歩き、右サイドにある観音開きの戸を開け放った。

「ここがリビングだ」

二人の少女もあとに続き、中をこわごわ覗きこむ。

室内は、ゆうに三十帖はあるのではないか。採光たっぷりのリビングは明るく、重厚な造りのテーブルセットと調度類がハイレベルなセレブ感を演出する。

暖色系の絨毯には塵ひとつ落ちておらず、アイランドキッチンもピカピカで清潔感に溢れていた。

「す、すごい」

陽菜子が啞然とした顔で口走り、さすがに同意せざるをえない。啓輔は目尻を下げたまま、リビングに続いて洗面所と浴室を案内した。

「浴槽は大理石で温泉を引いてるから、二十四時間入浴可能だ。二階にも同じ風呂があるから、好きに利用してくれ」

「私たちの寝泊まりは……二階ですか？」

「そう、俺は階段の反対側にある一階の部屋を使うから……じゃ、君らの泊まる部屋に案内するよ」

間口に戻り、階段を昇れば、左右に伸びた広い通路が見て取れる。啓輔は左に折れ、いちばん奥の部屋で立ち止まった。

扉が開けられるや、ツインベッドの他にチェストやクローゼット、テレビや冷蔵庫が目に入る。爽やかな潮風が頬をすり抜け、開け放たれた大きな窓の向こうには雲ひとつない青空が広がっていた。

陽菜子がバッグを床に置き、一目散に窓際へ駆け寄る。

「ああ、ベランダだ……海が見える」

「ホ、ホント？」

美月も早足に向かい、彼女の肩越しに覗きこむと、コバルトブルーの海が視界に入った。

「この別荘では、いちばん眺めのいい部屋なんだぞ」

「信じられない……日本に……こんな別荘があるなんて」

「おい、聞いてるのか？」

後輩の手を握りしめた瞬間、眼下にこじんまりしたビーチがあることに気づく。

「あ……見て」

両脇を岸壁に囲まれた砂浜にはネットが張られ、すでにビーチバレーのコートが設備されていた。

「プライベートビーチだ。右の方向に、石の階段が見えるだろ？　あそこから下りられるんだ」

「プ、プライベートビーチ……ですか？」

「そう、怪我をする怖れのあるもの、小石や貝殻などは昨日のうちに取り除いてあるから、安心して練習……」

「きゃあぁっ、すごいっ！」

「おい、聞いてるのか？」

陽菜子が裏返った声を発し、飛びあがって喜びを露《あらわ》にする。啓輔への不信感は肌で感じていたが、別荘の雄大さと素晴らしい環境には素直に感動したらしい。

逆に、美月の心境は複雑だった。

合宿中に何が行われるのか、啓輔が何を考えているのか、ある程度の予想はできたからだ。

「ベッドの上にビーチバレーのユニフォームが置いてあるから、それを着て練習するんだ。わかったな？」

紺の縁取りがされた深紅《しんく》の布地に目を向け、緊張に身を引きしめる。

「先生は買いだしの予定があるから、ちょっと出かけてくる。二時間ほどで戻ってくるから、そのあいだはビーチに出て練習しててくれ」

彼が部屋から出ていき、ホッとひと息つくも、のんびりしている暇はない。

美月は事前に、初日は陽菜子の警戒心を解き、たっぷり愛し合う役目を言い渡されていた。

部屋が余っているにもかかわらず、同室にしたのはそのためなのだ。

「理事長の息子って噂、本当だったんですね」

「え？　そ、そうみたいね」

「でも、こんなにお金持ちとは知りませんでした……先輩と二人きりなら、もっと楽しいのにな」

「……私も」

「三日目のいつ、言うんですか？」

「うん……まだ決めてないけど、帰りがけかな」

「この前も言いましたけど、私も付き添いますから」

「ありがと……心強いわ」

二日目、三日目の予定は何も聞かされていない。

不安の影が大きくなり、最悪の展開が頭に浮かぶ。

(なんとしてでも、先生にお願いするしかないわ。陽菜子には、手を出さないでくれって……明日にでも、ううん、今日中にでも)

意を決したところで、あの男に気持ちが通じるだろうか。迷いが生じた直後、かわいい後輩はベッドに歩み寄り、ユニフォームを手に取った。

「な、なんか、布地面積がやけに少なくないですか？　やぁン……これじゃ、お尻が半分以上出ちゃう！」

「え？」

すぐさま駆け寄り、形状を確認すれば、確かに小さいように思える。

国際連盟の女子選手の規定は、「ビキニの側面の幅は最長十センチまで」「股のつけ根に向かって切りこんだ形のぴったりとしたビキニパンツ」と定められているが、いくらなんでも際どすぎる。

啓輔がいかがわしい思いから、この合宿を催したのは間違いない。

美月は溜め息をつき、伏し目がちに服を脱ぎだした。

「せ、先輩、これ……着るんですか？」

「仕方ないわ……どのみち、練習はしなきゃならないんだし」

「そ、そうですね」

陽菜子もあとに続き、ブラウスのボタンを外しはじめる。ユニフォームを身に着けると、布地が肌にぴっちり張りつき、妙な感覚に戸惑った。

（こんな恰好《かっこう》で、バレーをしなきゃいけないの？　やっぱり……抵抗あるかも）

彼女も同じ気持ちなのか、恥ずかしげに頬を染めている。刺激的な恰好でも、いやらしさは微塵もなく、初々《ういうい》しい姿が愛らしかった。

透きとおるような白い肌、くっきりした胸の谷間、もっちりした太腿と、手足の長さのバランスがよく、ハートがキュンと疼いた。

「切れこみが……すごいです。ちょっとずれたら、見えちゃいそう。そう思いませんか……あ」

視線をこちらに向けた彼女の顔が、みるみるうっとりしていく。

「な、何？」

「先輩……すごくきれい」

「そ、そんなこと」

「スタイルがいいし、なんか……色っぽいです」

陽菜子はツツッと近づき、手を繋いで指を絡める。そして目をとろんとさせ、熱い眼差しを注いだ。

「先輩……お邪魔虫、二時間は帰ってこないって言ってましたよね？」

「うん、そのあいだに練習……あ」

瑞々《みずみず》しいリップが寄せられ、あっという間に唇を奪われた。

毎日のように肌を重ね、純情な少女は性の扉を開け放ったが、それらのすべては啓輔の指示なのだ。

「もう……練習しとけって言われたでしょ？」

唇をほどきざま甘くねめつけると、陽菜子は唇をツンと尖らせる。

「いいじゃないですか、あんな人の言うことなんて聞かなくても……時間は、たっぷりあるんだし」

「……悪い子ね」

美月はビキニの中心部に手を伸ばし、ふっくらした土手に指先をそよがせた。

「あぁン、先輩」

「やだ、もう火照ってるわ……どうしちゃったの？」

「先輩のことが好きだからです……好きだから、こうなっちゃうんです」

今度は脇から指を忍ばせれば、ヌルリとした感触が絡みつく。クリットを軽く爪弾いただけで、秘裂から溢れでた淫液がくちゅんと跳ねた。

「あ、ンっ……やンっ」

「やン、じゃないでしょ？　すごいことになってるわよ……陽菜子が、こんなにエッチだったなんて知らなかったわ」

「あ、ひどいです……全部、先輩が仕込んだんじゃないですか」

「だめよ、人のせいにしちゃ」

「あ、ふうっ」

指を跳ね躍らせ、愛のベルを掻き鳴らすと、少女の足がぷるぷる震えだし、頬が林檎のように染まった。

「せ、先輩……」

「何？」

「も、もう立ってられません……ベッ、ベッドに……」

「だめよ、悪い子は、ここでイカせちゃうんだから」

「あ、あぁぁン！」

可憐な天使に、子宮の奥がひりつく。

女の園が早くも潤うも、美月の心にふと黒い感情が込みあげた。

陽菜子を啓輔の慰み者にさせたくない思いと、彼の最大の目的は彼女なのではないかという疑惑が錯綜する。

（彼が陽菜子に夢中になったら、私なんて捨てられるかも……）

男の人は、大柄な女よりも守ってあげたくなるような子が好きなのではないか。

陽菜子との行為は確かに気持ちいいのだが、啓輔の荒々しいセックスを知った今では物足りなさを感じてしまうのも事実だ。

サディスティックに攻められたい、大きな牡の肉で疼く女芯を貫かれたい。

悪徳教師との激しい交情を思い浮かべた瞬間、紅蓮《ぐれん》の炎が燃えあがった。

今度は嫉妬心に身を焦がし、指腹を陰核に押し当ててこねまわす。

「あ、あぁぁンっ、せ、先輩、そんなことしたら！」

「そんなことしたら、何!?」

「イッちゃう、イッちゃいます！」

「イッちゃいなさい！　ここが、気持ちいいんでしょ！　ほら、ほら！」

「あ、ふっ！」

小さな肉粒をグリッとくじれば、少女は腰をわななかせ、恍惚に満ちた表情でしなだれかかった。

「あ、あ、あ……今日の先輩、すごいです……あっという間にイッちゃいました」

細い肩を抱き寄せ、喉をコクンと鳴らす。

啓輔のサディズムに感化されたのか、自分でもびっくりするほど昂奮している。

当然のことながら、彼も純真無垢な美少女相手に自身の嗜虐心を満足させるつもりに違いない。

（やっぱり……先生が陽菜子に手を出すのは阻止しないと）

美月は固い決意を秘めると、陽菜子の腕を摑み、肩で息をしながらベッドに連れていった。

3

その日の夜、啓輔は一階の自室でワイングラスを手にくつろいでいた。

（この恵まれた環境なら、合宿自体に不満はないだろ……まあ、遊びみたいなもんだ

からな)

夕食は近場の高級フランス料理店に出向き、二人とも恐縮しきりだった。それでも陽菜子の表情は終始堅く、美月にべったり張りついて片時も離れようとしなかったのである。

(ふっ、ナイト気取りのつもりか? せいぜい、好きにすればいいさ……明日は我が身なんだから)

啓輔は含み笑いを洩らし、テーブルに置かれたノートパソコンを起《た》ちあげた。

二人が泊まる部屋には、隠しカメラを巧妙な方法で仕込んである。美月にも伝えておらず、今頃は指示どおりに肌を合わせているはずだ。

カメラと連動するアプリを開けば、ツインベッドを斜め上から俯瞰する映像にほくそ笑んだ。

「おおっ、やってる、やってる」

陽菜子が美月のベッドに移動し、大股を開いて悶絶している。

(ふふっ、シックスナインか……おお、ペロペロ舐め合って、大好きな先輩とのまぐわいなら、もう抵抗感はないみたいだな)

録画ボタンを押し、椅子の背にもたれてしばし鑑賞する。

アルコールが血流を促《うなが》しているのか、勃起したペニスがパンツの下で小躍りした。

「参ったな、この程度のレズシーンで……少し、溜めすぎたかな」

美月と体育館で交わってから、六日は経っているか。そのあいだ、一度も放出していないのだから野獣の欲望は爆発寸前だった。

小学六年のときに精通を迎えてから、これほどのインターバルを空けたのは初めてのことだ。

（中学のときは、毎日センズリしてたもんな）

一回の射精では満足できず、一日に六回放出したこともある。

牡の欲望は二十歳を過ぎても収まらず、あこぎなやり方で何人の女たちを手篭めにしてきたか。

もはや同年代の女に興味はなく、無垢な美少女にしか魅力を感じない。

白薔薇学園マドンナの双璧、美月を手中に収め、残るは陽菜子だけなのだ。

「おおっ、今度は貝合わせか……レズシーンを楽しむのも悪くはないが、バリエーションが少ないのが難だな」

パソコンのスピーカーは、美少女らの嬌声と淫靡な猥音を鮮明に伝える。

二人は感極まり、性感は早くも頂点に達しているようだ。

『あぁンっ、先輩、あたし、またイッちゃう！　イッちゃいます!!』

『私もよ！　あ、イキそう、イクっ、イッちゃう』

『イクイクっ、イックぅぅぅンっ!!』

陽菜子と美月は同時に気をやり、全身を汗まみれにしてベッドに沈んだ。

（話には聞いていたが、陽菜子の奴……だいぶ感度がよくなったな）

愛情が快楽のスパイスになることは知っていたが、十四歳の少女は脳みそがスポンジ並みに柔らかく、吸収力も高そうだ。

（ふん、愛情か……しょせん、究極の快楽には敵《かな》わんさ。美月が、それを証明してるんだからな）

確かに凌辱ビデオで脅しはかけたが、たとえ彼女が言いなりにならなくても、リベンジポルノで鬱憤《うっぷん》を晴らすつもりはさらさらなかった。

今では牡が与える快楽に陶酔しきっており、その必要性さえ感じない。

実際、自宅マンションで二度目の情交を結んだあと、ビデオを処分してほしいという懇願は一度もないではないか。

二人はしばらく抱き合っていたが、疲労感に襲われたのか、陽菜子の寝息が聞こえてくる。美月は彼女の様子を見届けたあと、ベッドから下り立ち、バスタオルを手に部屋から出ていった。

(汗を流しにいくのか)

ワインを飲み干し、録画の停止ボタンをタップしてアプリを終了させる。

股間の昂《たかぶ》りは収まらないが、明日には快楽の限りを尽くせるのだ。

(しかし、この状態じゃ寝られんかもな)

苦笑を洩らした瞬間、部屋の扉がノックされ、啓輔はドキリとして身構えた。

「……はい」

「美月です、まだ起きてらっしゃいますか?」

「ああ、起きてるよ」

「ちょっと、お話があるんですが……」

「わかった……今、開けるよ」

ノートパソコンの上蓋を閉じ、出入り口に大股で向かう。扉を開ければ、バスタオル姿の美月が神妙な面持ちで佇《たたず》んでいた。

「どうした、そんな恰好で……まあ、いい、入れ」

「失礼します」

踵《きびす》を返してテーブルに戻り、椅子に腰かけると、彼女は床に膝をついて頭を垂れた。

「おいおい、なんだよ」

「お願いです……陽菜子には手を出さないでください」

「ん？　なんだ、やぶから棒に……そもそも、この別荘にはビーチバレーの練習に来てるんだぞ」

「……お願いします」

　空とぼけても、彼女は執拗に食い下がる。どうやら、こちらの目論見はお見通しのようだ。

（あれこれと指示を出してたんだから、気づいて当たり前か。それにしても、この段になって俺に意見するとはどういうこった？　ははん、さては……）

　啓輔は腕組みし、土下座状態の美月を睨みつけた。

　未熟な少女の心の内を探るのは、さほど難しいことではない。罪悪感に耐えられなくなったのか、それとも自分だけに注がれていた寵愛《ちょうあい》を失いたくないのか。

（ふん……まあ、どちらも半々といったところか）

　もちろん、いくら頭を下げられても、今さら計画を中止する気はない。

　鼻白んだ啓輔は、ざらついた声で問いかけた。

「こちらの指示は、やり遂げたんだな？」

「陽菜子とレズったんだろ？」

「え？」

「あ、はい……そのあと、眠ったのを確認して出てきました」

「シャワーは浴びたのか？」

「い、いいえ、まだです。あの子が目を覚まさないうちに、話をしとこうと思って」

「ふふっ、あいつ、お前にべったり張りついて離れないもんな」

椅子から立ちあがり、ゆっくり歩み寄ると、細い肩がビクッと震えた。

「何を、心配してるんだ？」

「……え？」

腰を落とし、鷹揚とした態度で接すると、彼女は恐るおそる顔を上げる。

「俺が好きなのは、お前なんだからな。陽菜子はあくまでおまけ、まあ……料理をうまくするためのスパイス代わりと言ったら、わかりやすいかな」

美月は一瞬、安堵の表情を見せたが、すぐさま寂しげな顔に変わる。

「でも……陽菜子は小柄でかわいいし、男の人はきっと彼女みたいな女の子を……」

「おい、先生の言うことが信用できないのか」

「……あ」

有無を言わさず唇を奪い、唾液をジュッジュッと啜りあげる。顔をそっと離すと、目は焦点を失い、頬が瞬時にして赤らんだ。

「なんだ、その物欲しげな顔は」

「あぁンっ、先生……」

股間に手が伸び、ハーフパンツの上から半勃ちのペニスをギュッと握りしめる。

「ほしいのか？」

「ほしい……です」

「こいつめ、本当はそれが目的で来たんじゃないのか？」

「そ、そんなこと……あ」

バスタオルを強引に取り外すと、牝の発情臭がふわんと立ちのぼった。

つい先ほどまで、後輩とくんずほぐれずの交情に熱を上げていたのだ。それでも互いの性器を舐め合い、クリットに刺激を与えただけでは満足できなかったのだろう。

「やぁンっ」

美月は胸と股間を手で隠したが、啓輔は間髪を入れずに指示を出した。

「床に手をついて、足を広げろ」

「は、恥ずかしいです、シャワーも浴びてないし……」

「俺の命令だぞ、広げるんだ」

ドスの効いた声で命令すれば、美少女は目を伏せ、言われるがまま後ろ手をつく。そして顔を背け、ためらいがちに足を開いていった。

4

（あぁ、恥ずかしい）

啓輔は前屈みになり、羞恥の源にらんらんとした眼差しを向けている。官能のほむらが全身に飛び火し、胸が締めつけられるほど苦しかった。

「おや、なんだ？　何もしてないのに、いやらしい汁がどんどん溢れてくるじゃないか。しかも、内腿がひくひくしっぱなしで……寒いのか？」

エアコンは効いていたが、寒いのではなく、あまりの昂奮と期待から身体の震えが止まらないのだ。

たとえ嘘だとしても、陽菜子より自分のほうが好きだという言葉はうれしかった。

今は、啓輔にたっぷり愛されたい。荒々しい行為で攻められ、後輩との愛歓では得られない快美を与えてほしい。

獰猛《どうもう》な肉根で疼く女陰を鎮め、一刻も早く桃源郷に旅立ちたかった。

「いやらしい奴め、俺の計画に横槍を入れる気か？」

「そんなこと……」

「許さんぞ、これはたっぷりお仕置きしてやらんとな」

「あ、ふうっ！」

節ばった指がスリットを這っただけで、電流を流したように腰がわななく。すでに大量の愛蜜が溢れこぼれているのか、にちゃにちゃと淫猥な水音が響き渡った。

「はあはあ……せ、先生！」

「ん、何だ？」

「挿れて、挿れてください！　おチ×チンを挿れてください!!」

「俺に、指図する気か？」

「もう我慢できないんです」

「陽菜子じゃ、物足りないのか？」

「物足りません！」

「仕方ない奴だ、四つん這いになって尻を上げろ」

「え、そんな……」

「言うことを聞けないなら、このまま帰ってもらうぞ」

冷ややかな笑みに背筋がゾクリとし、被虐心がいやでもくすぐられる。

今の自分に、拒絶する権利は微塵もないのだ。

「わ、わかりました」

美月は上下の唇を口の中ではみ、身を転回させてうつ伏せになった。

ヒップを高々と上げ、汚れた箇所を隅々まで見せつける。

「もっと足を開いて」

「は、はい」

この体勢なら愛液まみれの恥部はもちろん、裏の花弁まで丸見えの状態だろう。

身が焦げそうな羞恥に苦悶するも、性感は少しも緩まずに上昇を続ける。

(ああ、早く、早く挿れて)

後背位は何度も経験しており、動物の交尾を連想させるが、多大な快感を得られる体位だ。

ヒップを揺すっておねだりすると、背後でゴソゴソと微かな物音が聞こえてきた。

(先生……何をしてるの?)

不安げな顔で様子を探ろうとした瞬間、肛門にひんやりした感触が走った。

「あ、な、何を……」

「そんなに驚くことないだろ、ローションを塗っただけなんだから。これまで、アナル棒や指で何度も弄ってるじゃないか」

「で、でも……あふぅ！」

中指に続いて人差し指が肛穴に埋めこまれ、腸内を遠慮なく突き進む。

マンションで暴行された日から、啓輔はアヌスに異常な執着心を見せてきた。

排泄する場所だけに最初は抵抗を覚えたが、数をこなすたびになぜか快美を感じるようになったのだ。

「あ、やっ、やっ」

「ふふっ、だいぶ感度がよくなったんじゃないか？　括約筋もほぐれてるし、とうとう指を容易に受けいれるようになったな」

「あ、ふうっ、だめぇ、そこはだめですぅ」

指がスライドを開始すると、美月の声は一オクターブも高くなった。セックスとはひと味違う快感が裏門から脳天を突き抜け、無意識のうちに背が反り返る。

「だめなことはないだろ。おマ×コから、いやらしい汁が滴ってるじゃないか」

「嘘、嘘です」

「嘘なんかつくものか。身を浮かせて、股のあいだを覗いてみろ」

言われるがまま自身の股間に目を向けると、とろとろの淫液がつららのように伸び、絨毯に大きなシミを作っていた。

(ああっ、やああっ！)

全身の血が沸騰し、子宮の奥が熱くひりつく。

(ど、どうして？)

これまで快感は生じても、愛液を垂れ流すまではなかったはずだ。

直前まで陽菜子と愛し合ったことで、性感が敏感になっているのか。それとも、肉体に何かしらの異変が起きているのか。

快感の暴風雨が下腹部を覆い尽くし、四肢の震えが止まらない。

(あ、すごい、すごい)

美月は歯列を嚙みしめ、凄まじいアナル感覚に抵抗を試みた。

少しでも油断すれば、このまま一気に頂点まで導かれてしまいそうだ。

「く、くうっ」

尻を持ちあげたまま、今は指一本動かせなかった。

後ろの穴でエクスタシーに達するなんて、変態としか思えない。

括約筋を引きしめて踏ん張ろうにも、指を挿入されている状態ではままならず、美月はついに絶頂への螺旋《らせん》を舞いのぼった。

(あ、だめ……イッちゃう……イッちゃう)

絨毯を掻きむしり、ヒップをビクンビクンとわななかせる。

「あ、はあぁぁぁっ」

「ふふっ、イッたか？　今日は、指だけじゃ済まさんぞ」

「あふうっ」

肛穴から指を引き抜かれ、快楽の余韻にしばし惚けるも、アブノーマルな行為はまだ終わらなかった。

「おおっ、尻の穴がぱっくり開いて路《みち》がついとる」

熱い肉の塊が秘肛に押し当てられ、背中を伝う汗がいっぺんに冷える。

(え……う、嘘っ)

息が詰まるほどの圧迫感に驚嘆した直後、宝冠部が入り口を広げて侵入してきた。

「あっ、先生！」

「お望みどおり、でっかいチ×ポ、挿れてやるからな」

「む、無理です……あ、ひぃうっ！」

身が裂かれそうな疼痛に悲鳴をあげ、もがき苦しむ。這って逃れようにも、大きな手が腰に食いこみ、無駄な足掻《あが》きにしかならない。

「身体の力を抜け！」

「……あっ⁉」

尻肉を手のひらでバチンと叩かれ、いやでも下肢から力が抜け落ちる。弛緩した間隙を縫い、啓輔は逞しい腰を一気に繰りだした。

「あ、あああぁあっ！」

頑健な雁首が狭隘《きょうあい》な窄まりを通り抜け、腸内粘膜をこすりあげる。

「……ひっ⁉」

「おおっ、入ったぞ！」

目眩を起こすほどのショックと驚きに、今は声すら出せない。

肉棒はあっという間に根元まで埋没し、脂汗が額から頰を伝って滴り落ちた。

「くっ、くうっ」

「痛いのか？」

小さく頷《うなず》くも、啓輔は男根を抜き取らず、含み笑いをこぼして言い放った。

「ふふっ、痛いのは初めのうちだけだ……いいか、ゆっくり動くからな」

「あ、や、やめて……ひうっ」

スローテンポの律動が開始され、肉の棍棒が腸内への出入りを繰り返す。

「むむっ、締めつけがすごいぞ」

彼の言うとおり、窮屈さを感じたのは最初だけだった。ローションが粘膜に馴染みはじめたのか、すべりがよくなり、痛みが次第に和らいでいく。

同時に快感がピリリと走り抜け、美月はあまりの気持ちよさに咽び泣いた。

「あぁぁ、あぁぁぁンっ」

ペニスは押しこまれる際より、引くときのほうが快感を与える。

排泄時の心地よさが、巨大な肉悦と化して全身に吹きすさぶのだ。

「いやらしい奴め、マン汁が止まらんじゃないか」

「あふっ、あふっ」

デリケートゾーンを確認しなくても、熱い潤みがしとどに溢れているのは自覚していた。

セックスとは次元の違う悦楽に、涙がとめどなく頬を伝う。

「あはっ、あはぁぁっ、やっ、やあぁあっ……ひぃうっ！」

啓輔は尻肉を割り開き、怒濤《どとう》のピストンで腸内粘膜を穿った。

スパンスパーンと恥骨がヒップを打ち鳴らし、七色の光が頭の中を駆け巡る。

「おほっ、腸液が溢れてきた！　括約筋も盛りあがって、壮観な眺めだぞっ！」

「く、はあぁぁあっ！」

汗が肌の表面を滝のように流れ、全身が火の玉と化した。

口から涎がだらだら滴り、細胞のひとつひとつが桃色に染められた。

蒸気機関車の駆動さながら腰の動きが回転率を増し、身体が前後に激しくぶれた。

陰嚢が猛烈な勢いでクリットを叩きつけ、少女をまだ見ぬ未知の世界へと導く。

「あぁぁあっ！　イクっ、イッちゃう！」

「俺もイクっ！　中に出すぞぉっ!!」

雁首が括約筋を強烈にこすりたてた瞬間、眼前の光景がぐにゃりと曲がり、官能の電磁波が身も心も灼き尽くした。

「イクっ、イクっ、イックぅぅうっ！　おっ、おぉぉおっ！」

「むふっ！」

慟哭《どうこく》に近いよがり声をあげると、熱いしぶきが腸内にぶちまけられる。

美月は黒目をひっくり返し、自我が崩壊するほどの快美に身を委ねた。

第六章　肉欲に乱れる処女喪失

1

「う、うぅン」

　陽菜子が目覚めると、揺らぐカーテン越しに陽の光が射しこんでいた。

（やだ、あたし……裸のまま寝ちゃったんだ）

　慌ててスマホを確認すると、時刻は午前六時半を表示しており、朝食の時間までにはまだ間がある。

「あれ、先輩？」

　あたりを見まわしても、美月の姿はどこにもなく、シャワーを浴びているのかもしれない。

肌が汗でべたつき、股間の汚れも気になった。

(ジェットバス、気持ちいいって言ってたから、ゆっくり浸かってんのかな?)

ベッドから下り立ち、バスタオルを身体に巻いて出入り口に歩み寄る。陽菜子は扉を薄めに開け、廊下に人の気配がないことを確認してから浴室に向かった。

(それにしても……昨日の先輩、すごかったな)

情熱的なキス、指と口を使ってのねちっこい愛撫。エッチな言葉責めで性感をくすぐられ、そのたびに官能の奈落に落とされた。

思いだしただけで顔が熱くなり、子宮がひりついてしまう。

(また、先輩とお風呂で……)

いや、朝食は七時半、練習は八時十五分からと聞かされており、愛し合っている暇はない。

(いいもん、今日の夜があるんだから)

心を弾ませながら脱衣場に足を踏み入れたが、美月が入浴している気配は感じられなかった。

「あれ……先輩?」

磨りガラスの外から声をかけても返事はなく、首を傾《かし》げて浴室に入る。やや熱めのシャワーを浴びても爽快感はなく、不安ばかりが押し寄せた。

後輩が安眠を貪《むさぼ》るあいだ、先輩が朝食の準備をしているのだとしたら、恥ずかしくて合わせる顔がない。

（先輩は優しいから、怒らないとは思うけど……あぁン、ぐずぐずしてられないわ）

とりあえず汗を流して部屋に戻ると、ヘッドボードにメモ書きが置かれていた。

〈先に練習してるね　ゆっくり寝てて　美月〉

「やだ、出るときは気がつかなかったんだ。こんな早くから練習なんて……」

慌ててビキニのユニフォームを身に着け、部屋を飛びだして階段を駆け下りる。

まずはリビングを確認すると、啓輔が一人、テーブル席でトーストとベーコンエッグをパクついていた。

「おお、おはよう！」

「お、おはようございます」

「どうだ、ゆっくり寝られたか？」

「あ、はい……あの、先輩は？」

「ああ、朝食を済ませて、ビーチに向かったよ。あいつ、張りきってるな」

「そうですか」

すでに練習メニューをこなしているとは、いてもたってもいられない。すぐに合流しなければ……。

踵《きびす》を返してビーチに向かおうとした刹那、啓輔が腰を上げて呼び止めた。

「おいおい、ちゃんと飯食ってけ」

「いえ、けっこうです」

「いかんぞ、朝とはいえ、夏の陽射しを甘くみちゃ！　熱中症になったら、どうするつもりだ？」

「でも、先輩が練習してるのに……」

「ちっ、しょうがねえなあ」

彼は苦笑してキッチンカウンターに歩み寄り、ジューサーを手に取る。グラスに注がれた緑色の液体に、陽菜子は眉をひそめた。

「ほれ、栄養ドリンク。緑黄色野菜にリンゴとハチミツを加えたものだ。とりあえず、これだけでも、腹の中に入れておけ」

正直、気は進まないが、確かに空腹のままでは練習に身が入らないだろう。

「……わかりました」

少女はグラスを受け取り、手作りのジュースを一気に飲み干した。

苦味と甘味が鼻につき、どうにも奇怪な味だ。

「あ、ありがとうございます」

グラスを返し、頭を軽く下げてその場をあとにする。

「あぁン、先輩、ひどい！　どうして、起こしてくれなかったの！」

悪態をつきつつ別荘の裏口から飛びだし、首を伸ばしてビーチを見下ろすも、美月の姿はどこにも見られない。

(ど、どういうこと？　用を足しに、別荘に戻ったのかな)

得体の知れない不安に駆られた瞬間、背後から低い声が聞こえ、心臓が止まりそうなほどびっくりした。

「どうした？　ボーッと突っ立って」

「せ、先輩が、どこにもいないんです！」

「え、いや、そんなはずないんだが……トイレにでも、行ったんじゃないか？」

薄笑いを浮かべて答える啓輔に、女の直感が危険を察知する。

（な、何？　この先生）

考えてみれば、啓輔は教え子にためらいなく手を出す教師なのだ。

（に、逃げなきゃ）

言葉では言い表せぬ恐怖に、思わずあとずさる。そのまま身を反転させようにも、なぜか足が竦《すく》んで動けない。

（や、やだ……あたし、どうしちゃったの？）

手足の先がピリピリと痺れだし、声すら出せなかった。

（ま、まさか……）

もしかすると、先ほど飲んだ栄養ドリンクに何かしらのクスリが入っていたのではないか。

（あ、あ……せ、先輩……た、助けて）

心の中で美月の名を呼んでも、彼女は姿を現さず、啓輔の顔が次第にぼやける。

陽菜子は虚ろな目を宙にとどめたまま、膝から崩れ落ちた。

2

（ついに、ついに手に入れたぞ！）

美少女の肩を手で支え、お姫様抱っこしてほくそ笑む。

長い睫毛、ツルツルの頬、艶めく唇。極上の獲物に胸が躍り、牡の肉がパンツの中で重みを増した。

ワインは熟成させるほどにカドが取れ、まろやかな味わいが出る。

古ければいいというものではなく、どのワインにも飲み頃があり、今の彼女はまさに最適な時期なのだ。

（そのために、美月に指示を与えてきたんだからな）

彼女も並外れた美人だが、愛くるしさという点では陽菜子のほうが頭ひとつ抜きんでている。

好物はいちばん最後に残し、ゆっくり味わうのが啓輔のいつものパターンなのだ。

栄養ドリンクに混入したクスリは、意識は残しながらも身体の自由を奪う効果があるらしい。疼痛も和らげるという触れこみだが、果たして思い描いた展開が待ち受けているのか。

（はあはあっ、たまんねぇ……なにせ、禁欲生活が長かったからな。一回出しただけじゃ、全然物足りないぜ）

啓輔は別荘に取って返し、階段脇の廊下を走り抜け、自分の部屋に向かった。

室内に入り、ベッドの上に寝かせて真上から少女を見つめる。

哀れみの眼差しが獰猛《どうもう》なサディズムを刺激し、ペニスが条件反射のごとくフル勃起した。

胸から下腹部に目を向けると、小さなビキニが肌に張りつき、ボディラインをはっきり見せつける。

啓輔はベッド脇に設置したビデオカメラの録画スイッチを押し、Tシャツとハーフパンツを脱ぎ捨て、ボクサーブリーフを忙《せわ》しなく剝き下ろした。

男根が反動をつけて跳ねあがり、亀頭が天井を睨みつける。早くも昂奮状態にあるのか、鈴口から前触れの液が溢れだし、牡のムスクが自身の鼻先まで漂った。

「あ、あ……」

怯えた表情、動揺の色を滲ませた瞳。背筋がゾクゾクし、ふたつの肉玉がキュンと吊りあがる。啓輔はベッドに這いのぼり、まずは水着のトップを頭から抜き取った。

美しい円を描いた乳房がふるんと揺れ、甘ったるいミルクの匂いが鼻腔を突く。

「おお……素晴らしい」

桜色の乳暈に小さな乳頭と、震いつきたくなるほどの可憐さだ。

続いて下腹部に手を伸ばすも、陽菜子は悲鳴をあげず、いやいやをすることすらできない。

（あのクスリ、高いだけあって、かなり効いてるようだな）

下肢を指先でつつけば、肉づきのいい内腿がババロアのように震え、牡の淫情をこれでもかとあおった。

引き締まった美脚もいいが、蕩けそうな柔肉も男心を惹きつける魅力がある。ボトムは残したまま、乳丘に手のひらを這わせると、陽菜子の頬が恐怖に引き攣った。

小高い膨らみを優しく揉みしだき、人差し指と中指のあいだから乳首をはみださせる。身を屈めて口に含めば、プリッとした瑞々《みずみず》しい感触に陶然とした。

舌先で舐め転がし、上目遣いに様子をうかがうと、彼女は眉間に皺を刻んだままだ。

それでも乳頭はみるみるしこり勃ち、腰が微かにくねりだした。

（ふんっ、まだ受けいれられる状態じゃないか……そのうち、いやでも感じることになるんだからな）

凌辱のプロセスを脳裏で反芻《はんすう》しつつ、美少女の反応をじっくり観察する。

啓輔は細い腕を上げ、腋《わき》の下に鼻を押しつけて匂いをクンクン嗅ぎまくった。

(う、む、あまり匂わない……シャワーを浴びたんだな)

できれば生々しい芳香を堪能したかったが、それなりの手順を踏んでいけば、乙女のフェロモンは分泌されるはずなのだ。

耳たぶや首筋、そして前腕部から手と、心ゆくまで愛撫してから足へと移る。

太腿はもちろん、まっさらな膝と脛にソフトなキスを浴びせ、桜貝を思わせる足の爪先に舌を這わせる。そして指の一本一本を口に含み、股のあいだまでチュパチュパと舐めまわした。

(おほぉ……ちょっと酸っぱいとこが、たまらんのだ)

陽菜子は目を固く閉じ、そっぽを向いて耐え忍んでいる。

少女の心の内を推察すれば、悪夢なら早く覚めてほしいといったところか。

今度は太腿に顔を埋《うず》め、頭を左右に振って弾力感を満喫した。

(おおっ、柔らかい……まさに、至福のときだな)

豊穣な内腿がデリケートゾーンを隠すように迫《せ》りあがり、発汗しているのか、柑橘系の匂いが鼻腔を掠《かす》めだす。

果たして、秘めやかな箇所はどんな香気を発しているのか。

啓輔は身を起こしざまボトムの上縁に手を添え、ゆっくり引き下ろした。

乙女のつぼみは、まだ目にしない。足首から抜き取った布地を放り投げ、気持ちを落ち着かせてから両足を徐々に広げていく。

クスリの効果は持続しているのか、下腹部に力を込められず、さほどの労力をかけずにM字開脚を完成させた。

ここで初めて顔を上げ、神秘のとばりに熱い眼差しを注ぐ。

(お、おおっ)

少女の秘園はまろやかな盛りあがりを見せ、ベージュピンクの水蓮を連想させた。

楚々《そそ》とした和毛と簡素な縦筋に色めき立ち、感動で胸が震えてしまう。

夢にまで見た女陰が目と鼻の先で息づき、小型カメラではとらえきれなかった細部や色艶まで晒しているのだ。

性的な昂奮状態にないのか、陰核や小陰唇は秘裂のあいだに隠れている。

啓輔はうっとりした表情で身を屈《かが》め、内腿と鼠蹊《そけい》部に唇をすり寄せた。

(あぁ……ふんわりして、生クリームみたいだ)

肌のきめ細かさは、成人した女性とは明らかに違う。唇を押し返す弾力もさることながら、すべすべした感触に怒張が節操なくいなないた。

女唇の周囲を唾液まみれにしたあと、いよいよ本丸目指して意欲を高める。

(美しいスリットだ)

凝脂の谷間を指先でツツッとなぞれば、陽菜子が顔をくしゃりとたわめた。

好きでもない男に蹂躙《じゅうりん》されているのだから、虫酸《むしず》が走るほどの嫌悪に襲われているだろう。

だが、憎悪や屈辱を感じるのは最初のうちだけ。美月と同様、肉体に生じた快楽を否定することはできないのだ。

両の指で淫口を押し開き、コーラルピンクの内粘膜を剝きだしにさせる。

膣壁は半透明の蜜をしっとりまとい、膣奥にひしめき合う肉塊が妖しげに蠢《うごめ》いた。

同時に小さな尖りと薄い小陰唇がはみだし、絞りたてのレモンのような香りが鼻腔を燻《いぶ》す。

鼻を近づければ、今度は乳酪臭がぷんと匂い立ち、睾丸の中の樹液が乱泥流のごとくうねった。

(すごい、すごいぞ)

昂奮に次ぐ昂奮で、まともな息継ぎができない。

口の中に溜まった唾を飲みこみ、三角州の真上の肌を軽く押しあげる。とたんに薄皮の肉帽子が捲れ、桃色の小さな弾丸がちょこんと顔を覗かせた。

（あぁ……なんて、かわいいクリットなんだ）

感嘆の溜め息をこぼし、芽吹いた花芯の眼福にあずかる。

少女の媚肉を目に焼きつけたあと、啓輔は内腿から舌をチロチロ這わせた。

「あ、くっ……」

頭上から喘ぎ声が洩れるも、かまわずに舌をそよがせ、鼠蹊部から大陰唇をねちっこく舐めまわす。

「おいしい、おいしいぞ」

悦の声をあげるたびに女のとば口がひくつき、もちもちの太腿も連動するかのごとく震えた。

（はあぁぁ、もう我慢できん！）

大口を開けてかぶりつき、乙女の女肉を縦横無尽に掃き嬲《なぶ》る。

熱く燃える内部に舌を突き刺せば、未成熟な粘膜がうねり、プルーンにも似た酸味が口中に広がる。

啓輔はさらに膣口をダイヤモンド形に広げ、舌先をハチドリの羽根にように上下させた。

（最高、最高だ！　この日を、どれだけ待ち侘びたことか！）

今の自分は、間違いなく法悦のど真ん中に位置している。

筋肉ばかりか骨まで蕩けそうな幸福感に、性のエネルギーも煮え滾《たぎ》った。

この子のおマ×コなら、三時間でも四時間でも舐められそうだ。

（さすがに……それは、しょっぱいか）

局部から口を離し、続いて頂上の尖りに狙いを定める。啓輔はすぐさま肉粒に吸いつき、頬を窄めて啜りあげた。

「……ひぃ」

か細い声が加虐性愛を刺激し、目を充血させては吸引力を高めていく。

彼女の様子に、さほどの変化は見られない。それでも性器周辺の肌が朱色に染まり、それなりの肉悦を得ているのは間違いないと思われた。

「や……やめて」

クスリの効果が切れはじめたのか、陽菜子の声にギクリとして顔を上げる。

（しまった……美月で試しておくんだったな）

拘束していない以上、暴れだしたら面倒なことになる。

啓輔はベッドの下に手を伸ばすや、床に置いてあるバッグを引き寄せ、中から小さなビニール袋とローションを取りだした。

(手足が痺れてるあいだに、やっておかんとな)

袋に入っている代物は、肉体の一部に穴を開けるときに使用する医療器具だ。形は工事現場などでよく見られるコーンバーに似ており、ピアスを嵌めこむためのホールの拡張と維持を促す役目を果たす。

先端の細いものから太いものまで、サイズは五種類。啓輔は小さなステンレス製の器具を手にし、先端に媚薬入りのローションを塗りつけた。

居住まいを正し、次のステップに向けて集中力を高める。

(まずは、いちばん細いもので……)

身を乗りだし、左指で膣の入り口を大きく広げると、ベビーピンクの膜が剝きだしになった。

(こ、これが……処女膜? 中心部にヒトデの形に似た穴が開いてるが、ここからオリモノや月経時の血を排出するんだな)

処女膜は膣壁にへばりついているのだから、この状態で勃起した男根を押しこめば、激しい痛みを感じるのも無理はない。

啓輔の目的は中央の穴を広げ、ペニスを通す空間を作ることだった。破瓜の痛みをなくしてやれば、しょっぱなから大きな快感を与えられるはずだ。小さな穴に先端の細い器具を入れ、小さく回転させながら拡張作業に取りかかる。

(むうっ……これは、かなり手間がかかりそうだぞ)

処女膜は弾力性に乏しく、思いどおりに広がらない。

「……ふうっ」

啓輔は器具を膣内からいったん取りだし、額に滲んだ汗を手の甲で拭《ぬぐ》った。先端に再びローションを塗りつけ、同じ行程を何度も繰り返しては器具のサイズを太いものに変えていく。

やがて処女膜がふやけ、穴が膣道いっぱいに広がった。

壁時計を見あげると、いつの間にか三十分が経過し、男根もすっかり萎えている。

(まるで、産婦人科の医者になったみたいだ)

苦笑を洩らすなか、陽菜子は睫毛に涙を滲ませていた。

抵抗する力を奪われ、悲鳴もあげられず、今はあきらめの心境なのか。

頬を伝うひと雫の涙を目にした瞬間、悪辣な性のパワーが内から迸《ほとばし》った。

(悲しみに打ちひしがれる一方で、肉体は快感に抗《あらが》えないんだ！　くうっ!!)

美少女がこれから味わう究極のギャップに、牡の血が極限まで沸騰する。

腰の奥がジンジン疼き、ペニスが瞬時にして体積を増した。

すかさず、ローションを先端から根元までまんべんなくまぶす。

啓輔は股のあいだに腰を割り入れ、すっかり回復した男根を小さなとば口にあてがった。

3

(こ、こんなことって……)

自分の身に降りかかった悪夢に、陽菜子は茫然自失していた。

やはり、栄養ドリンクの中にクスリを混入させていたとしか思えない。

教師が卑劣な手段を使って教え子を暴行するとは、夢にも思っていなかった。

今さらながら未熟な自分が恨めしく、合宿にのこのこついてきた浅はかさと後悔に涙ぐむ。

それにしても、美月はいったいどうしたのだろう。

恋人が他の異性を強姦しようとしているのに、姿を現さないとは……。

ひょっとして悪魔に後輩を売り渡し、帰宅してしまったのか。

彼女への愛情と信頼はガラガラと大きな音を立てて崩れ、今はただ大きな悲しみに暮れるばかりだ。

逃げだしたくても手足が動かず、この大きな別荘の中では助けを呼ぶこともできない。先ほどは懸命に声を絞りだしたが、今はその気力さえ失っていた。

(こんな男の前で股を開いて、あそこを隠すこともできないなんて……あたし、このまま犯されちゃうの？　いや、そんなのいやだよ)

啓輔に全身を舐められたときでさえ、あまりのおぞましさに鳥肌が立った。しかも股のつけ根に顔を埋め、あそこの中を器具か何かで出し入れしていたのである。

変態男と男女の関係を結ぶなんて考えられないし、考えたくもない。

バージンを喪失する際には激しい痛みを伴《ともな》うという友人からの情報も、少女の心を恐怖で縛りつけた。

啓輔は膝立ちになり、巨大なペニスをしならせる。美月のように大柄な女性ならまだしも、小柄な自分の膣の中に入るわけがないのだ。

(や、やっぱり……なんとかして逃げないと)

陽菜子は身を起こそうと、最後の力を振り絞った。

（あ……顔だけは……動きそう）

天井に続いて部屋の反対側を視界に捉え、扉の開け放たれた出入り口に縋《すが》りつくような眼差しを向ける。

（あそこから脱出して……あ、何？）

ベッドの真横にある三脚付きのビデオカメラに、驚きの表情を浮かべる。赤いランプが点灯し、こちらの様子を録画しているとしか考えられなかった。

（ま、まさか……）

美月も同じやり方で暴行され、いやらしいビデオを盾に脅迫されたのではないか。そう考えれば、彼女がいきなり愛の告白をしたのも、合宿に誘いをかけてきたことも頷《うなず》ける。

（先輩、そうなの？　あたしをだましたの？）

心が千々《ちぢ》に乱れ、今は状況を冷静に判断できない。

激しくうろたえるなか、啓輔は粘着性に富んだ液体を男根にたっぷりまとわせ、張りつめた先端を女の園にあてがった。

（やっ、やっ、やめてぇぇっ！）

心の叫びは彼の耳には届かず、熱い肉の塊《かたまり》が陰唇を押し広げる。

凄まじい圧迫感に息を呑むも、相変わらず四肢には力が入らず、膣口はペニスの切っ先をすんなり受けいれた。

（あ、あ、あ……）

思わず目を背けたものの、さほどの痛みはなく、やたらヌルヌルした感触を受ける。それでも身を貫く肉の量感は自覚でき、あまりのショックに思考が乱れた。

「安心しろ、ゆっくり挿れるからな」

啓輔は低い声で呟《つぶや》き、時間をかけて腰を突き進める。やがて膣の中が牡の肉で満たされ、熱い脈動が粘膜を通してはっきり伝わった。

「ふ、ふふっ……全部入ったぞ」

男はこめかみの血管を震わせ、さもうれしげに呟く。

ついに、女の子の大切なものを極悪な教師に奪われてしまった。

怒りや悔しさよりも、今は虚脱感のほうが圧倒的に大きい。まるで、心にぽっかりと大きな穴が空いてしまったかのようだ。

「少しずつ動くからな」

啓輔が腰をスライドさせ、ペニスが膣の中をゆったり往復する。身が上下し、ベッドがギシギシ軋《きし》むなか、陽菜子は天井をぼんやり見つめたままだった。

（あたし……どうしたんだろ？　初めてなのに、痛みをまったく感じない……ショックで、神経がおかしくなっちゃったのかな）

人間らしい感情まで壊れてしまったのか、今は嫌悪感すら湧かず、悪辣な男の為《な》すがまま、表情ひとつ変えなかった。

一分、三分、五分。この状況が、いつまで続くのだろう。やがて股間の中心部で、官能のほむらが微かに揺らめいた。

（……あ）

啓輔が手を伸ばし、指先で肉芽を優しくあやす。とたんに、快感が堰《せき》を切って溢れだした。

（な、何？）

眉をたわめてたじろぐも、心地いい感覚は瞬《また》く間に増幅していく。

ひどい暴行を受けているのに、感じるなんてありえない。

突然の異変に動揺し、自制心を目いっぱい働かせるも、甘い戦慄は意に反して全身に波及していった。

（あ、やっ、やっ）

じっとしていられず、無意気のうちに腰をくねらせると、指先がピクリと動く。

クスリの効き目が薄れてきたのか、脱出への希望の光を見いだすも、悦楽の高波は次から次へと押し寄せ、心の隅に生じた抵抗心を根こそぎなぎ倒した。

(ど……どうして?)

「ふふっ、腰がくねってるぞ。気持ちいいのか?」

気持ちいいわけない。怒りの感情を無理にでも手繰《たぐ》り寄せ、目尻を吊りあげて睨みつける。

「おぉ、切なげな顔して、かわいいぞ」

尖った視線を向けたつもりが、彼の目には狂おしげな表情に見えたらしい。

認めたくなくても、身悶えているのは自分でもわかった。

抽送のピッチがいちだんと跳ねあがり、頭の中が白い輝きに塗りつぶされていく。

「その様子じゃ、痛くはなさそうだな……先生、びっくりしたぞ。初体験からこんなに感じるなんて、ありえんからな」

「……くうっ」

クスリと媚薬の効果、処女膜の穴を広げた行程を知らない少女はうろたえ、また恥じた。

確かに啓輔の言うとおり、初体験から快感を得るなんて淫乱としか思えない。

美月とのたび重なる情交で、性感が発達してしまったのだろうか。

「血も出てないし、ホントに初めてなのか？」

デリカシーのない言葉に、憤怒《ふんど》の念と羞恥心が込みあげる。

（絶対に……感じてなんか……いない）

全身に力を込めて堪《こら》えた直後、エネルギッシュな男は短いストロークの鋭い突きを連続で見舞った。

「あ、ふうっ!!」

身体が激しくぶれ、喉を絞ってよがり泣く。

「やっ、やあぁあぁぁっ！」

「お、声が出たな！　気持ちいいこと、認めちまえ！　楽になるぞっ!!」

「だめっ、だめっ！」

「何が、だめなのかな？　やめてほしいのか、それともこれじゃ物足りないのか、ちゃんと言ってくれないと、わからないぞ」

「はっ、くっ、あはぁあぁぁっ」

「そうか……物足りないと言いたいんだな？　よし、わかった！」

啓輔は独り合点《がてん》するや、腰を抱《かか》えあげ、渾身のピストンを繰りだした。

性器がより深く結合され、肉の弾頭が子宮口をこれでもかと突きまくる。

「くひぃぃっ!」

自尊心が粉砕され、もはや打つ手がないまま快感の乱気流に巻きこまれた。

(やだっ、やだっ! やぁあぁぁっ!!)

死んでも、こんな男にイカされたくない。

シーツに爪を立てて踏ん張るも、肉体の芯が疼き、熱の波紋に思考が蕩けだす。

「おおっ、愛液がチ×ポに絡みだしたぞ! 聞こえるか、このエッチな音!!」

結合部から卑猥な肉擦れ音が絶え間なく洩れ聞こえ、いやが上にも愛欲の炎に身を包まれた。

「ぬ、おおぉぉっ!」

「ひぃやぁあぁ」

啓輔は大きなストロークから腰をしゃくり、恥骨をガンガン打ちつける。弾けるように腰を引いては男根を突きだし、情け容赦ないピストンを延々と繰り返した。

「たまらん、たまらんぞぉぉっ!」

ひと掻きごとに膣肉を抉《えぐ》られ、雄々しい波動が何度も身を貫く。荒々しい牡の営みが、美月では得られなかった女の悦びを肉体に吹きこむ。

陽菜子は自分でも気づかぬうちに、くぐもった吐息をこぼしていた。
「やっ、ふンっ、はっ、あぁン」
全身の毛穴から汗が噴きだし、快感のパルスが身をチリリと灼く。
彼の身体も汗まみれになり、粘っこい雫が顎からボタボタと滴り落ちた。
頑健な肉体は疲れを知らないのか、怒濤の打ちこみがいつ果てることもなく続く。
呼吸が乱れ、意識が断続的に飛んだ。
頭のてっぺんから突き抜けるような快感に、恐怖さえ感じた。
熱い気配が込みあげ、愉悦の波が防波堤を乗り越えて押し寄せる。
少女は口を大きく開け、自らリビドーを解き放った。
(あ、イクっ……イッちゃう、イキそう)
美月のときとはレベルの違う感覚に動揺しつつも、白く輝く光の中に身を投げだす。
(イクっ……イックぅぅぅっ)
快感の洪水に押し流され、性の頂点を極めた陽菜子は腰を狂おしげに痙攣させた。
胸が甘い罪悪感で軋むも、身を貫く肉の衝撃は途切れなく快美を送りつづける。
「よし、イッたな？　俺もイクぞ！」
膣の上部を執拗に研磨され、少女の性感はさらに高みへと押しあげられた。

（あ、あ、またイッちゃいそう……いやぁあぁぁっ）

息の長いエクスタシーに心の底から酔いしれ、粘膜のフリルが歓びに打ち震えて男根にむしゃぶりつく。

「イクっ、イクぞぉぉっ！」

二度目のアクメに身を委ねた瞬間、膣からペニスが抜き取られ、陽菜子は惚けた表情でヒップをシーツに落とした。

啓輔は片膝を立て、真っ赤に張りつめた肉棒をしごき倒す。

「イクっ、イック……ぬ、おおおおっ！」

尿道口から牡のエキスが跳ね飛び、顎から口元をムチのごとく打ちつけた。

野獣の射精は一度きりでは終わらず、二発三発四発と立てつづけに放たれる。

熱いしぶきは肌で感じたものの、今は何も考えられずに愉悦の世界をさまよった。

肉体はいまだに痙攣を繰り返し、セックスが与える巨大な快感には衝撃を受けるばかりだ。

非人道的な教師となぜ別れられないのか、今では美月の気持ちがわかる。

（先輩も……気持ちよすぎて……先生から……離れられないんだ）

頭の隅でぼんやり思いつつ、やがて少女の意識は闇の中に吸いこまれていった。

4

「はあ、ふう、はあっ」

啓輔は精液の残骸をティッシュで拭ったあと、ベッドから下り立ち、ビデオの録画ボタンをオフにした。

横目で陽菜子の姿を追いつつ、ペットボトルの水を一気に飲み干す。

少女は身体を真横に向け、いまだに肌をひくつかせたままだ。

(ふふっ、こんなに計画どおりに事が進むとは……怖いぐらいだな)

彼女は今、何を思うのか。

どう見ても、凌辱されたショックに打ちひしがれているとは思えない。

快楽の余韻に浸りつつ、初体験から絶頂に導かれた事実に驚嘆しているのか。

彼女は背を向けているため、表情まではうかがえないが、啓輔はしばし満足感と達成感を味わった。

(浮かれてる場合じゃないな。計画の第二段階に移らないと……鉄は熱いうちに打て、と言うからな)

タオルで顔と上半身の汗を拭き、ベッドにゆっくり近づいて様子を探る。

陽菜子は目を閉じ、うっとりした顔をしていた。

美月のアシスト、クスリと媚薬、そして器具を使用した処女膜貫通が、これほどの効果をあげるとは……。

「おい、大丈夫か？」

満足げな口調で問いかけても、彼女は何も答えない。プリッとしたヒップを見ているだけで、萎えていたペニスがムクムクと頭をもたげる。

(出したばかりなのに、またムラムラしてきたぞ)

今日と明日の二日間、時間はたっぷりあるが、禁欲期間が長かっただけに、あと五発は射精できそうだ。

第二幕の上演に舌舐めずりした瞬間、陽菜子の腰がもぞもぞと動いた。

(ん……なんだ？)

少女は身を起こそうとしたものの、まだ手足が思いどおりに動かないらしい。

「どうした？」

訝《いぶか》しげに問いかけると、陽菜子は背を向けたまま小さな声で答えた。

「……ください」

「ん、なんだ？」

「お手洗いに……行かせてください」

「あ、ああ」

腰を揺すっていたのは、用を足したかったのだ。

「我慢できないのか？」

「朝から、一度も行ってないから……」

啓輔はにやりと笑い、彼女に気づかれぬように腰を落とした。

あらかじめ用意していた代物をベッドの下から取りだし、倒錯的なサディズムを剥きだしにする。

（これを使うのは先の予定だったが、この機を逃す手はないよな）

啓輔は再び立ちあがり、あえて優しげな口調で声をかけた。

「立てないのか？」

「まだ、足が痺れてて……」

「しょうがないな、肩を貸して連れていってやるよ」

「あ、あの、服を……」

「さんざん見られてんだから、服なんて必要ないだろ。先生だって、真っ裸なんだから……さ、起こすぞ」

「あ、待ってください」

陽菜子は慌てて胸を右腕で、股間を左手で隠す。啓輔はその様子を見ながら、目に鈍い光を走らせた。

「そっと……お願いします」

「わかったよ」

首の後ろに手を添え、ゆっくり抱き起こしつつ身体を真横に向ける。足を床に下ろした瞬間、陽菜子の目が床の一点に向けられた。

「さ、立つぞ」

「あ、あの……」

「よいしょと!」

「……あ」

肩を担いで歩を進めるも、すぐに立ち止まり、悪鬼の笑みを浮かべる。そして床を指差し、平然とした顔で促した。

「さあ、どうぞ」

ベッド脇に置かれた代物は、ステンレス製の洗い桶だった。

キッチンから持ち運んだもので、聖水プレイも計画の中に組みこまれていたのだ。

「こ、これって……」

「即席のトイレだよ、さ、いつでもどうぞ」

「そ、そんな！　お手洗いに行かせてください!!」

「それが、残念ながら一階のトイレは調子が悪くてね。二階のトイレまでは、我慢できないだろ？」

平然と拒否すれば、陽菜子はみるみる青ざめる。そのまま出入り口に向かおうとするも、腕をがっちり摑んで離さない。

「お願いです……行かせてください」

「あきらめるんだ、さあ、桶を跨いで」

「……くうっ」

少女は唇を嚙み、脚線美をぴったり閉じて立ち尽くした。

排尿を異性に見られたくないのは当然のことで、乙女のプライドを保持するつもりのようだ。

（生理現象をいくら我慢したところで、時間の問題なんだけどな……まあ、これはこれでお楽しみが倍増するわけだ。限界ぎりぎりまで堪えたあとの排泄は、セックスが

与える快感よりも大きいと言われるからな)

陽菜子は桶を跨ごうとせず、苦悶の表情で耐え忍ぶも、下肢が震えだし、限界値が近いことを如実《にょじつ》に物語った。

内股の体勢から膝をすり合わせる姿にほくそ笑み、来《きた》るべき瞬間に嗜虐心を昂《たかぶ》らせる。

「さすがは美少女……がんばるねえ。あまり我慢してると、膀胱炎になっちゃうぞ」

「あ、ああ」

今度は腰がくなくな揺れだし、力《りき》んでいるのか、顔が次第に赤らんだ。額にはいつしか汗の粒がびっしり浮かび、細い首筋もぬらついている。やがて陽菜子は、か細い声で訴えた。

「目を……」

「ん?」

「目を瞑《つむ》って、音も聞かないでください」

美月を浣腸したとき、彼女も同じセリフを放ち、最低限の尊厳を守ろうとしたが、もちろん妥協するつもりはさらさらない。

「手を離したら、逃げるつもりだろ?」

「に、逃げません！　だから……」

「桶を跨いで、立ってするんだ」

「そ、そんな……せめて腰を下ろさせてください」

「だめだ」

「……あぁっ」

物悲しげな嘆息が鼓膜を揺らし、ペニスがビンビンに反り勃った。

和式便所のスタイルでは、肝心の箇所が見えぬよう、両膝を狭めてしまうだろう。大股を開かせ、排尿シーンをたっぷり拝ませてもらうのだ。

（そろそろ限界かな？）

啓輔は腰をそっと落とし、バッグの中から手錠を取りだした。

再び立ちあがり、胸と股間を隠していた手を無理やり後方に回す。

「あ、な、何を!?」

「逃げられないように、拘束しておこうと思ってな」

「こんな恰好で逃げられません！　やっ、触らないで!!」

抵抗は最初のうちだけ、よけいな動きが排泄欲求を高めさせたのか、少女は打って変わっておとなしくなり、啓輔は労せずして両手首に手錠を嵌めこんだ。

「さあ、これで準備はオーケーだ。いつしてもいいけど、絨毯の上にひっかけるのは勘弁してくれよ。あとの掃除が大変だからな」

「……く、くうっ」

陽菜子は小さく喘ぎ、苦しげな表情で目を閉じる。

身体は小刻みに震えたまま、いつまで経っても桶を跨ごうとはしなかった。

(乙女のプライドか……よく我慢できるもんだ)

感心する一方、あとの楽しみが倍増し、一触即発の瞬間を今か今かと待ち侘びる。

やがて額から脂汗が滴る頃、腰のわななきがいちだんと増し、可憐な容貌が苦渋に満ちた。

「あ、あ、あ……」

目がカッと開き、絶望を孕《はら》んだ眼差しが虚空《こくう》にとどまる。

陽菜子は悔しげに口を引き結び、一歩前に出て足を申し訳程度に開いた。

腰が沈みこむも、腕を引っ張りあげ、蹲踞《そんきょ》の体勢は許さない。

「あ、だめ……だめ……も、もう」

美少女は消え入りそうな声で呟いたあと、腰をぶるっと震わせた。

とたんに秘裂からライムイエローのしぶきがシュッと迸《ほとばし》り、桶の底を軽やかに打ちつける。

「おほっ、出た出た！」

「あ、あぁ……見ないで……ください」

限界まで堪えただけに、もはや制御不能なのだろう。

聖水は放物線を描いて噴きだし、桶を飛び越えて絨毯にまで降り注いだ。

「あらら、こりゃすごい！　全然、止まらんじゃないか!!」

「あ、あ、あぁ」

排尿直後の爽快感に見舞われているのか、陽菜子は恍惚の表情に変わり、目が一瞬にして焦点を失う。

啓輔はここぞとばかりに右手を差しだし、聖水の温もりを手のひらで受けとめた。

（おほっ、あったかい！　やや黄色いのは、朝起きの一番搾りだからか？）

目をきらめかせ、前面に回りこむや、腰を落として大口を開ける。

「お、ぶぶぶっ！」

シャンパン水が口腔に注ぎこまれ、喉を鳴らして飲みこめば、乙女の匂いが五臓六腑に沁みわたった。

（くふぅ、ほんのり甘いなかに塩味と苦味があって……さ、最高だっ！）

こちらの姿は視界に入らないのだろう、陽菜子は相変わらず斜め上方をボーッと見つめている。

大きなショックに打ちのめされているのか、それとも愉悦に浸っているのか。

いずれしても、啓輔は顔を上下左右に振ることなく蠱惑《こわく》の液体を嚥下《えんげ》していった。

やがて甘露水の勢いが衰え、陰唇の狭間から愛液のなごりがツツッと糸を引く。

指を伸ばして膣口を広げると、肉の垂れ幕の中心にある小さな穴から残尿がピュッと放たれた。

「あ、ああ」

陽菜子は覇気のない声で呻《うめ》き、身体を左右に揺らす。そして、そのままベッドに倒れこんだ。

立って用を足したため、秘部はもちろん、大陰唇から内腿のほうまで聖水まみれだ。

(こりゃまた、都合よく大股を開いて……くくっ)

啓輔は膝立ちになり、乙女のVゾーンに顔を近づけた。

ふわんと立ちのぼる尿臭に身をゾクゾクさせ、甘露に濡れた肌に唇を這わせる。

トイレットペーパー代わりに女陰を優しく撫でつけ、乙女の雫を舌先で掬《すく》い取っては陽菜子の様子を探った。

彼女は何の反応も示さず、浣腸の洗礼を浴びた直後の美月とまったく同じ表情をしている。

(まだまだ、このあとも趣向を凝らしたプレイが控えてるんだからな……気は、しっかり保っててくれよ)

次なる計画に思いを馳せつつ、啓輔は丹念に谷間の汚れを清めていった。

第七章　愛欲と発情のトライアングル

1

（ふう……おマ×コ、たっぷり舐めてやったぞ）

啓輔は身を起こし、ひと息ついてから口元を手の甲で拭《ぬぐ》った。

計画予定の前倒しはあったが、満足げな顔で床に下り立ち、またもやミネラルウォーターを飲み干す。

横目で様子を探れば、陽菜子は相変わらず惚けた表情をしていた。

初心《うぶ》な少女にとって、処女喪失からの聖水プレイはこれまでの世界観を覆《くつがえ》すほどの衝撃を与えたに違いない。

本来なら泣き崩れるのだろうが、セックスと限界ぎりぎりまで我慢したあとの排尿は多大な快感を吹きこんだはずなのだ。

(しょっぱなから、絶頂感を味わう中学生なんていないからな。今は呆然としているが……)

仰向け状態の陽菜子をじっと見つめていると、やがて細い肩がピクリと震えた。ようやく、全裸のまま大股を開いていることに気づいたのだろう。足をそっと閉じ、紅く色づいた唇をゆっくり開いた。

「シャワーを……」

「ん?」

「シャワーを浴びさせて……ください」

予定どおりの展開に、啓輔はコクコクと頷《うなず》いた。

淫らな行為の連続で、身体は唾液と汗、愛液と小水にまみれているのだ。さぞかし気持ち悪いはずで、懇願してくるのは計算済みだった。

「……わかった」

手錠を嵌めたままでは、思いどおりに動けない。啓輔は大股で歩み寄り、少女の肩に手を添え、上体をゆっくり起こした。

「喉は渇いてないか？」

「……ちょっと」

「待ってろ」

小型冷蔵庫に向かい、中から冷えたミネラルウォーターを取りだす。キャップを外して口にあてがうと、陽菜子は喉を波打たせて半分ほど飲み干した。

「もう、いいのか？」

「……はい」

冷えた水が多少なりとも冷静さを与えたのか、目に生気が甦《よみがえ》りだす。

（ふふっ、これで終わりだと思ったら大間違いだぞ。また、すぐにとろんとするんだからな）

ともすれば、にやけそうになる口元を引きしめ、啓輔は彼女の腕を摑んで床に立たせた。

まだ神経が目覚めていないのか、大きくよろめき、腰を摑んで身体を支える。

「あ、あの、手を動かせないんですけど……」

「シャワーを浴びたら、外してあげるよ。身体は、先生が洗ってやるからな」

陽菜子は悲しげに目を伏せたものの、反抗的な態度は決して見せない。衣服はもちろん、バスタオルさえ要求しなかった。

今の彼女は従順だと判断していいのか、それとも素直なふりを装っているだけか。唯一の懸念材料があるとすれば、陽菜子に関してはこれまで接点がほぼなく、性格までは完全に把握していないことだった。

啓輔は三年生の体育を受け持っているため、美月と違って頻繁に顔を合わせていたわけではない。

部活動への姿勢、周囲に見せる態度や気配りから、おとなしくて真面目だと決めつけてしまったが、教室内で同級生にどんな対応をしているかは目にしていないのだ。

(上級生がいるのといないのでは、やっぱり違うだろうしな……手錠を外したら、服を着て逃げだせるし、まだ油断はできんぞ)

肩に手を添え、自室から廊下に出れば、少女は眉をピクッと吊りあげる。

「ん、どうした?」

「どこからか……音楽が」

「ああ、入るときは気づかなかったのか。朝飯を食う前に、となりの部屋にいてな。そのまま、CDラジカセをつけっぱなしにしてたんだ。まあ、俺の趣味部屋みたいなもんだ……ちょっと見てみるか?」

「え、いえ……」

「ただし、物音は立てずに静かにしててくれよ。ひと言もしゃべらないこと……いいね？」

とたんに、陽菜子の顔が曇りだす。奇妙な条件提示に何かしらの異変を察知したのか、踏みだす足がピタリと止まった。

「さ、入りなさい」

「あ……やっ」

ドアノブを回して扉を開け放ち、いやがる彼女を室内に引っ張りこむ。

軽やかなジャズ音楽が流れるなか、一瞬にして空気がピンと張りつめた。

陽菜子が身を硬直させ、部屋の右サイドを食い入るように見つめる。

三人掛けのソファには、アイマスクとボールギャグの口枷をした美月がM字開脚の体勢で腰かけていた。

両手足を括《くく》ったSMロープを肘掛けに縛りつけているため、どう足掻《あが》いても逃げだすことはできない。

乙女の二穴には媚薬をたっぷり塗りつけ、膣内にはピンクローターを、アヌスには革ベルトで固定した極太のディルドウを仕込んでいる。

口に咬《か》ませたボールの穴から涎が滴り、何度もアクメに達しているのか、顔ばかりか首まで紅潮し、汗まみれの肌が照明の光を反射して淫らな光沢を放った。

(くっ……内腿と鼠蹊《そけい》部が小刻みに震えてる)

陽菜子は度肝を抜かれたのか、目を大きく見開き、愕然と佇《たたず》んだままだ。

啓輔はソファの真正面、ベッドの脇に置かれた椅子に彼女を腰かけさせ、人差し指を口に押し当てて無言の指示を出した。

(静かにしててくれよ……まあ、驚きで声も出せないだろうがな)

傍らのワゴンテーブルに手を伸ばし、CDラジカセのボリュームを絞る。

ソファにゆっくり近づくと、床が微かに軋み、美月の肩が小さく震えた。

「ンっ？　ンぅぅっ」

「待たせて悪かったな」

腰をくねらせる姿を目にした限り、快楽にどっぷり浸っているのは間違いない。

牡の淫情に拍車をかけるシチュエーションに、悪徳教師のペニスは完全勃起を取り戻した。

2

（せ……先輩）

憧れの人のむごたらしい姿に、陽菜子は言葉を失った。

手はもちろん、大きく開いた足もソファの肘掛けにロープで繋《つな》がれ、口には奇怪なボールが嵌めこまれている。

彼女は自分を置いて逃げだしたのではなく、監禁されていたのだ。

いったい、いつからこの状態が続いているのだろう。

熟睡していたため、事の詳細はわからないが、ひょっとして美月のほうから啓輔のもとを訪れたのではないか。

もしそうなら、裏切られたという気持ちは消せないが、常軌を逸した光景が少女の正常な判断能力を奪った。

（合宿最後の日にはっきり断るって言ってたのに、やっぱり先生とは別れられないのかな？　でも、こんなひどいこと……恋人にする行為じゃないよ）

啓輔は美月と交際する一方、別の教え子に手を出した野獣なのである。

乙女の大切なものを奪われ、ようやく尋常ではないと気づいたが、目の前の光景はあまりにもショッキングで、今は怒りの感情すら込みあげなかった。

「悪かったな……今、外してやるからな」

卑劣な男は笑みを浮かべており、悪びれた様子はまったく見られない。

彼はソファの前で腰を落とし、股間を覆うT字形のベルトに手を伸ばす。

(あの黒いベルト、いったい……何なの？)

瞬きもせずに見つめるなか、啓輔はホックを外し、ベルトのフロント部分を捲り下ろした。

(あ、あ……)

剝きだしにされた女陰はすっかり充血し、秘肉の狭間《はざま》からピンクのコードが飛びだしている。

膣の中に、何を埋めこんだのだろう。それ以上に気になったのは、ベルトの裏地の中央に棒のような物体が装着されていることだった。

(あれは、いったい……あ、やっ!?)

真紅《しんく》のグッズは紛れもなく肛穴を刺し貫いており、括約筋が丸く広がっていた。

啓輔がヒップの下からベルトをゆっくり引き抜き、裏の門からぬらついた張形が姿を現す。美月は痛みに耐えているのか、唇の端を歪めて顎を突きあげた。

（な、なんで、あんなこと……）

サディスティックな人間やＳＭプレイの存在は耳にしたことがあるが、実際に目《ま》の当たりにしてしまうとは……。

排泄口に異物を挿入するなんて、とても考えられない。やがて筒状の物体が朱色の口から抜き取られ、先端がくねくねといやらしい動きを繰り返した。

「む、ふうぅぅっ！」

美月は身を弓なりに反らし、腰をぶるっとわななかせる。

秘肛は口をぽっかり開け、陽菜子の目からはブラックホールのように見えた。

汗にまみれた肢体は延々と痙攣を繰り返し、形のいい乳房がたゆんと揺れる。

（先輩……ひょっとして、感じてるの？）

陽菜子は身を乗りだし、事の成り行きを固唾《かたず》を呑んで見守った。

「ふふっ、バイブを抜いただけでエクスタシーに達しちまったか」

肛門の中に入っていたグッズは、バイブと呼ぶらしい。ペニスを模した形の張形は、いまだに低いモーター音を響かせている。

（あ、あんなものを……お尻に挿れられてイッちゃうなんて……信じられない）

啓輔はバイブのスイッチを切るや、ベルトごと床に放り投げた。

さも楽しげに笑い、口に咬ませたボールを外しにかかる。

果たして、美月は何を訴えるのか。

陽菜子は、啓輔から声を出すなと命じられた。

つまり後輩を部屋に招き入れることは聞かされていないはずで、存在に気づけば、大きなショックを与えかねないのだ。

少女は息を潜め、指一本動かさずに身を強ばらせた。

口枷のベルトに続き、ゴルフボール大の球体が取り外される。とたんに唇の端から涎が垂れ落ち、桃色の吐息が湿った空気を揺らした。

「あ、ふわぁぁっ」

「ようし、よく我慢したたな。一時間前に起きてから、ずっと挿れっぱなしだったからな。何回、イッたんだ？」

「はあはあ……数えきれない……ほどです……く、ふぅ」

「アイマスクプレイも想像力が刺激されて、いいもんだろ？」

「ひ、ひどいです」

「どうしてだ？」

「だって……こんなお預けするなんて……」

「くくっ、このあとの快感も増幅されるんだから、いいじゃないか」

「あ、あの……」

「ん？」

「陽菜子は……」

「ああ、まだ寝てるよ。寝坊助な子だな」

美月は一瞬、ホッとした表情をしたものの、すぐさま身をくねらせる。

やはり啓輔は、自分のことを彼女に知らせていなかったのだ。

気まずげに顔をしかめた瞬間、金切り声が響き、陽菜子は思わず肩を窄めた。

「先生、早くぅ!!」

「ん、何がだ？」

「陽菜子が起きてくる前に挿れて！　おチ×チンをちょうだい!!」

「おお、そうか！　そんなに我慢できないか!!」

啓輔はうれしそうに呟《つぶや》き、横目でこちらの様子を探ったが、彼の顔はもう視界に入らなかった。

清楚で気品に溢れていた美月が、自《みずか》らはしたない言葉を口にしようとは……。

体育館で見せた情交とは違い、無理やり言わせられてはいないのだ。

今の彼女は完全に性の虜と化し、この状態では別れたくても別れられないのではないか。

「先生ぇ、早くぅぅン」

甘ったるい声が耳にまとわりつき、失意のどん底に叩き落とされる。それでも、陽菜子の目が彼らから逸れることはなかった。

「ようし、待ってろよ。存分に満足させてやるからな」

啓輔が腰を落とし、陰唇の狭間から突きでたコードをつまむ。そっと引っ張っただけで、美月はまたもや甲高い声をあげて身をひくつかせた。

「あ、ふぅぅぅン！」

「そうら、もう少しで出てくるぞ」

ティアドロップ形に開いた膣口に、ピンク色の物体が覗き見える。

(な、何……あれ？)

こちらもバイブレーションの機能を搭載しているのか、モーター音を響かせ、ぶるぶると震えていた。

「どうだ、ローターの与える快感は強烈だろ？」

「すごい、すごいです！」

「予選大会のときは振動を『弱』にしたが、今はいちばん強いやつだからな。膣肉を抉ってるだろ？」

淫行教師の放ったひと言に、ハッとして目を見開く。美月の動きが鈍かったのは、ローターとやらを仕込まれていたからなのだ。

あんなものを女穴に挿れたら試合に集中できるはずがなく、一回戦で敗退するのも当然の結果だろう。

（そ、そんな……）

いったい、何のために厳しい練習をこなしてきたのか。ひとときの快楽を優先し、目標だった全国大会出場を海の藻屑《もくず》にしてしまうとは……。

指示したのは啓輔だろうが、受けいれる美月も美月だ。

今はもう怒りを通り越し、放心するしかない。

啓輔が指に力を込めると、膣から卵形の物体が飛びだし、しなやかな肉体が強大な電流を走らせたかのように仰け反った。

「い、ひぃいいいいっ！」

鼠蹊部の細い筋が張りつめ、内腿の柔肉がピクピク引き攣る。膣口からおびただしい量の愛液がどろっと溢れだし、放射線状の窄まりまで滴った。

「ふふっ、これまた、抜いただけでイッちまったか？」

小さなアダルトグッズは恥液にぬめり返り、テラテラと妖しく照り輝く。

「ふうっ、ふうっ！」

美月は荒々しい息を吐き、舌先で上唇を何度もなぞりあげた。

「まだ満足できないか？」

「できません！　挿れて、おチ×チンを挿れてくださいっ！」

「わかったよ……その前に、チ×ポを湿らせてくれ」

啓輔が赤黒く膨張したペニスを鼻面に突きつけ、口元や頬になすりつける。彼女は絶頂を迎えた直後にもかかわらず、いきり勃つ男根を息せき切って咥えこんだ。

「はふぅ、はふン、ンぷふぅぅっ！」

顔を左右に揺らし、怒張をぐっぽぐっぽと舐めしゃぶる姿にふだんの清らかさは微塵も見られない。

あのペニスは、つい先ほどまで自分の膣の中に挿入されていたものなのだ。羞恥と奇妙な感覚に見舞われ、全身の血がざわつくと同時に快楽が息を吹き返した。

「おおっ、そうだ、涎をたっぷりまぶして……むうっ、ディープスロートか……いい、じゅっぱじゅっぱじゅっぱと卑猥な吸茎音が室内に反響し、陽菜子の聴覚をこれでもかと刺激した。

捲れあがった唇が節ばった胴体を往復し、差しだされた舌が縫い目を掃き嬲る。

美月が男根を根元まで呑みこみ、鼻の下をだらしなく伸ばす。やがて顔をゆったり引きあげるや、猛烈な勢いで肉幹をしごきはじめた。

乙女の中心が火照り、膣の内部にいたたまれない搔痒《そうよう》感が生じる。認めたくなくても、肉体の奥で燻っていた官能の残り火が揺らいでいるのは事実なのだ。

無意識のうちに内腿をすり合わせると、ヌルッとした感触が走り、愛液の湧出《ゆうしゅつ》もはっきり自覚できた。

（い、いやだ……あたし、どうしちゃったの？）

はしたない衝動に戸惑い、自制心を働かせようにも、身体は意に反して快美を求める。喉をコクンと鳴らした瞬間、啓輔はペニスを口から抜き取り、手足の拘束をほどいていった。

ロープがすべて外されても、美月はソファにもたれ、息も絶えだえに喘いでいる。

（このあとは、あ……）

非人道的な教師は床に転がっていたベルトを拾いあげ、裏地に装着していた深紅の張形を取り外した。

(な、何……今度は何をするの？)

腰を微かにくねらせて見守るなか、彼は美月の腕に手を添え、ゆっくり引っ張りあげる。

「いったん立ってくれるか？　身体は支えてあげるから」

平衡感覚を失っているのか、彼女がふらつきながら立ちあがった刹那、啓輔は入れ替わりにソファに腰かけ、大股を開いて肉槍を誇らしげに見せつけた。

「そのまま腰を落とすんだ……そう……いいぞ」

括れたウエストに手は添えているが、何も見えない美月はさも不安げな表情で肩越しに様子を探る。

「よし、持ちあげるからな」

「……あ」

小さな悲鳴とともに、汗でぬらついた身体がフワッと浮きあがった。

彼女は滑稽なほどうろたえ、両手をバタバタさせてもがく。

「そのまま足を広げて、ソファに下ろして」

言われるがまま足を開いて啓輔の腰を跨ぎ、またもやM字開脚の体勢が完成した。

中心部は厚みを増した陰唇が捲れ、秘裂から愛の泉が滾々《こんこん》と溢れだす。

この破廉恥な体位から、男女の関係を結ぶつもりか。

啓輔が剛直を握りこむや、陽菜子は目をこれ以上ないというほど開いた。

亀頭の先端は膣の入り口ではなく、セピア色の窄まりに押し当てられたのである。

「あ、ンンっ……そ、そこは……」

「ん、なんだ？　ホントは、こっちのほうがほしかったんだろ？」

「ひうっ!!」

横に張りだした雁首はぽっかり空いた肛穴を通り抜け、極太の肉筒が腸内にズブズブ埋めこまれていく。

「あ、はぁあぁあっ！」

美月は黄色い声を張りあげ、室内の空気がビリビリ震えた。

（あ、あ……嘘っ）

アダルトグッズで悪戯するだけならまだしも、ペニスを裏の排泄口に挿入してしまうとは……。

痛くないのか、つらくはないのか。

常識外れの営みを見せつけられ、今はただ愕然とするばかりだ。

怒張が根元まで埋没すると、啓輔は彼女の太腿の裏側に手をあてがい、上下のスライドを開始する。鬱血《うっけつ》した肉胴がスローテンポの抜き差しを繰り返し、括約筋がカルデラ状に盛りあがった。

ピンク色に染まった周囲の薄い皮膚は、今にもはち切れそうだ。

「くふっ！」

美月は口をへの字に曲げたが、抽送のたびに頬が緩んでいく。やがて身を左右に揺らし、自ら腰を小さくバウンドさせた。

「ンっ、はっ、やっ、ンふぁぁっ」

「うん？　ケツの穴にチ×ポをぶちこまれて、気持ちいいのか？」

「いい、いい！　気持ちいいです」

「この変態め！　アナルセックスで、イクつもりか!?」

「だって……あ、ンはぁあぁっ！」

啓輔が腰をガンガン突きあげ、スリムな身体がマリオネットのように揺れる。頬がまたもや赤らみ、彼女は間違いなく禁断の箇所で快楽を得ているのだ。

接合部から半透明の液体が溢れだし、裏茎を伝って陰嚢に垂れ滴った。

「尻の中、ものすごく熱いぞ！　ギュンギュン締めつけてくるじゃないか！」

「い、ひぃぃぃぃっ！」

逞《たくま》しいピストンは衰えることなく、肉の楔が小さな女穴を執拗に穿《うが》つ。

（お尻の穴で感じるなんて……）

眼前の光景はいまだに信じられないが、美月が嬌声を張りあげつづけているのは夢でも幻でもないのである。

愛液の湧出も止まらず、割れ目からだらだらと溢れこぼれるなか、啓輔の倒錯的な行為はアヌスへの蹂躙だけにとどまらなかった。

腰の動きを緩めるや、傍らに置いていたバイブを手に取り、底部の側面にあるスイッチをオンにする。そして猛烈な回転を繰り返す先端を、すっかり綻《ほころ》びた恥裂にあてがった。

「……ンっ!?」

ふしだらな動きを見せるグッズは、女の入り口をほじくり返して膣の中に埋めこまれていく。

美月は背筋をピンと張りつめ、大口を開けて身を強《こわ》ばらせた。

神秘とさえ思える光景に息を呑み、シンクロするかのごとく身体の芯が疼きだす。

「おおっ、全部入っちゃうぞ」

「やっ……やっ……やっ」

熱病患者を思わせる呻き声が耳に届いた直後、啓輔は激しい勢いで腕を振りたてた。

「あ、ひぃぃぃぃぃぃっ!?」

バイブが残像を起こすほどの速さで出し入れを繰り返し、ぐっちゅぐっちゅと派手な破裂音が轟《とどろ》く。

さらには腰を下からしゃくり、アヌスを貫いたペニスも上下させた。

「あ、はっ、はっ、はっ……だめ、イッちゃいます」

「なんだ、この程度でイッちゃうのか？　ギアは二速の段階だぞ、まだまだ三速、四速があるんだからな」

ソファがギシギシと音を立て、セミロングの髪が左右に揺れる。口から涎を垂らした美月は、並々ならぬ愉悦に浸っているとしか思えなかった。

「あ、あ、イクっ、もうイッちゃいます！」

腰のスライドが小刻みなピストンに移行し、バイブは逆に大きなスライドで肉洞を突きたてる。尋常とは思えぬ情交に愕然としつつ、陽菜子の下腹部は淫情の嵐が吹きすさんでいた。

股のつけ根は熱帯雨林と化し、腰の動きを止められない。

女芯を掻きくじりたくても、後ろ手に拘束された状態ではどうにもならないのだ。

啓輔が手錠を外さなかったのは、こうなることを見越していたのではないか。

脳幹が性欲一色に染められ、乳頭もキュンとしこりだす。

半開きの口から熱い吐息が洩れ、乾いた唇を舌先で何度も湿らせた。

(はあはあ……やぁ……身体がおかしいよぉ)

できることなら、狂乱の宴《うたげ》に飛びこみたい。荒々しい行為で攻めたてられ、失神するほどの快楽を味わってみたい。

Vゾーンが大量の淫液でべたつく頃、美月はいよいよ性の頂《いただき》にのぼりつめようとしていた。

くなくなと揺れていた上半身がピタリと止まり、腰の打ち震えが顕著になる。唾液で濡れ光る唇を開き、顎を突きあげて絶頂の訪れを告げる。

「イクっ、イクっ……あっ、あっ」

陽菜子も頭をボーッとさせた瞬間、啓輔は後方から手を伸ばし、アイマスクを強引に剝ぎ取った。

(……あっ!?)

心臓が凍りつき、室内の空気が一瞬にして変わる。

美月の目は焦点こそ合っていなかったが、視線が絡み合い、陽菜子はあまりの驚きに身を硬直させた。

3

（だ……誰？）

涙で霞んだ向こう、三メートルほど先に人影がうっすら見える。

艶やかな長い黒髪、初々《ういうい》しいボディライン。この場に居合わせることができる人物は、陽菜子以外にありえない。

（あ、あ……）

現実に引き戻され、おどろおどろしい状況に総毛立つ。

いったい、いつからこの場にいたのだろう。

大股を開き、はしたない言葉を連発し、ペニスを舐めしゃぶったばかりか、二穴を犯された光景を目と鼻の先で目撃されてしまったのだ。

どうやら、彼女は全裸の状態で椅子に腰かけているらしい。

快感の虜になっていたとはいえ、なんとも迂闊《うかつ》だった。

啓輔には、陽菜子を体育館に呼びだし、淫らなシーンを見せつけた前例がある。

ソファに拘束されたあと、彼は一時間ほど席を離れ、そのあいだに可憐な後輩を毒牙にかけていたのだ。

おそらく乙女の大切なものを奪い、なおかつ嗜虐的な展開で己《おのれ》の欲望を満足させるつもりなのだろう。

（……いやっ！）

慌てて目を逸らすも、啓輔は腰をかまわず突きあげ、正常な思考が雲散霧消する。

悦楽の高波が再び襲いかかり、脳神経を麻痺させた。

アナル感覚にすっかり目覚め、もはや倒錯的な快美から逃れる術《すべ》を見いだせない。

巨大なバイブは相変わらず膣を串刺しにし、ペニスとディルドウが薄皮の粘膜を通してゴリッゴリッとこすれ合う。

これ以上、情けない姿は見せたくないが、愛液も腸液も垂れ流しの状態で、美月は脳幹が蕩けそうな快感に抗えなかった。

「うぐっ、ひぐっ！」

「いいぞぉ、何度でもイカせてやるからな」

「あ、くひっ……」

「ほうら、ケツの穴、気持ちいいだろ？　粘膜が絡みついてきて、すごいことになってるぞ」

「み、見ないで……見ないで……ひぃやぁあぁぁっ！」

二度目のオルガスムスに達したとたん、秘裂から大量の潮がビュッビュッと迸り、陽菜子の足元まで跳ね飛んだ。

「あ、あ、あぁ……」

身も心も肉悦の渦に巻きこまれ、自我が崩壊する。バイブとペニスが二穴から抜き取られるや、美月は糸の切れた操り人形のように崩れ落ちた。

「ふふっ、陽菜子……どうした？　顔が真っ赤だぞ。目もうるうるさせて、なんて色っぽい表情をするんだ。もしかして……先生を誘ってるのか？」

ソファから立ちあがった啓輔は陽菜子のもとに歩み寄り、ワゴンテーブルに置かれた小さな鍵を手に取った。

「さあ、手錠は外してやるぞ」

純真な後輩も、拘束された状態で犯されたのかもしれない。

憐憫《れんびん》の情が湧き、もし処女を喪失していないなら、なんとしてでも逃げてほしいと心の底から願った。

ところが手錠を外されても、腰が抜けてしまったのか、彼女は拒絶どころか逃げる素振りすら見せない。床に横たわったまま虚ろな目を向けると、啓輔は情熱的なキスで可憐な唇を貪《むさぼ》った。

「ンふっ、ンふっ」

手足は動くはずなのに、彼女は椅子から腰を上げず、目元をねっとり紅潮させる。

さらには不埒《ふらち》な指が内腿のあいだにすべりこみ、くちゅくちゅと淫らな擦過音が響き渡った。

(あ、あ……どうして)

合宿直前まで、陽菜子は啓輔に対して決していい印象を抱いていなかったはずだ。もし暴行されたのなら、怒りと悲しみに打ち震えているはずで、従順な態度がどうにも解せなかった。

啓輔が姿を消していた一時間のあいだに、いったい何があったのか。

(ま、まさか……以前から、つき合ってたんじゃ……ううん、そんなことはありえないわ)

彼女の素直な性格は知っているし、嘘をついたり、人を欺《あざむ》いたりする子ではない。

（きっと、何かしたんだ……先生、やっぱり陽菜子のことが……）

心がチクリと痛み、ジェラシーの炎に身が焦がれる。

（ううん、嫉妬なんかじゃない……あの子は大切な後輩なんだから、なんとかしてやめさせないと……あ、ああっ！）

身を起こそうとしたものの、下半身に力が入らず、運動神経は麻痺したままだった。

啓輔は陽菜子の身体を抱えあげ、そのままベッドに横たわらせる。そして正常位の体勢から、両足のあいだに腰を割りこませた。

「あ、やっ」

「今さら、いやもないだろ？　こんなに濡らしおって。美月の乱れた姿が、そんなに刺激的だったのか？」

よほど恥ずかしいのか、彼女は頬を染めて顔を逆側に振る。乙女の果肉は赤く腫れ、凌辱を受けた事実をはっきり裏づけた。

（あ、ああっ！）

宝冠部が恥割れにあてがわれ、狭い膣口を押し広げる。

「むうっ！」

啓輔は気合い一閃、腰を深く繰りだし、えらの張った雁首がいたいけな女の入り口をくぐり抜けた。

「……くっ」

ひたすら啞然とするも、陽菜子はか細い声をあげただけで、特別な変化は見られない。相変わらず顔を背けているため、表情はうかがい知れず、戸惑いと悲愴感が入り乱れた。

やがて啓輔が腰を引き、膣内に埋めこまれていたペニスが姿を現す。破瓜の血はいっさい確認できず、代わりにとろみの強い淫液が肉胴に絡みついていた。

淫行教師が軽やかな律動を開始し、少女の身体が上下にぶれる。ベッドが激しく軋み、バツンバツンと恥骨のかち当たる音が途切れなく響く。

淫猥な肉擦れ音とともに熱い吐息が洩れ聞こえると、美月は鳩が豆鉄砲を食らったような顔をした。

「どうだ、気持ちいいか？」

「き、気持ち……いいです」

声は掠れていたが、耳にはっきり届き、心の中で情炎が燃えさかる。

（ど、どういうことなの？）

処女を喪失して、すぐに快感を得られることなどあるのだろうか。

疑心暗鬼に駆られながらも、美月は頭を起こし、後輩の顔を覗きこもうとした。

「ほら、こっちを向け」

啓輔は横目でこちらの様子を探り、意図を察したのか、顎に手を添えて真正面を向かせる。

彼女の顔は恍惚に歪み、目がしっとり潤んでいた。

「あ、あ、あぁン」

半開きの口から色っぽい吐息を放ち、明らかに感じているとしか思えない。

純真無垢な少女の面影はどこにもなく、性の悦びを知った女の顔だった。

（いやっ、いやよ）

かわいい後輩と性愛という絆で結ばれた男が、自分のもとから離れてしまうような感覚に陥《おちい》る。

寂寥《せきりよう》感に苛《さいな》まれた美月は身を起こし、四つん這いの体勢でベッドに歩み寄った。

「あぁ、私も、私も……入れてください」

「ふふっ、いいぞ！　二人とも、いやというほどイカせてやるからな」

啓輔に片手で引っ張りあげられ、陽菜子の上に覆い被さる。

「せ、先輩」

「ひ、陽菜子」

「……ごめんなさい」

「ううん、謝らなければならないのは私のほうよ」

黒目がちの瞳が涙で濡れ、罪悪感に胸が軋んだ。

凌辱ビデオを盾にされたとはいえ、かわいい後輩を陥《おとしい》れたのは自分なのだ。

小さく震えるリップに唇を重ね、心の中で謝罪しながら舌を搦《から》め捕る。

(陽菜子、許して……あ、うっ！)

股間の中心で快美が炸裂し、美月は思わずヒップをくねらせた。

啓輔の指が膣内に埋めこまれ、しょっぱなから怒濤の抽送で肉洞を攪拌《かくはん》される。

浅黒い腰のスライドも苛烈さを増し、陽菜子の身体が上下するたびに熱い息が口中に吹きこまれた。

「む、ふっ、ふうっ！」

よほど、気持ちいいのだろう。彼女は唾液をじゅっじゅっと啜りあげ、おさな子のようにしがみついてくる。

罪の意識や悲しみは、瞬く間に快美に塗りつぶされていった。

4

(待ちに待った3Pか！　いよいよ最終章の幕開けだな)

今の啓輔は、まさに勝利の美酒を味わう心境だった。

練りに練った計画が、ついに結実する日を迎えたのだ。

二人はまたもやレズシーンを披露し、互いの性感を高め合っている。

二本の指で美月の膣を、凶悪な股ぐらの棍棒で陽菜子の秘肉を貫いた。

「ンっ、ンっ、ンぅぅっ」

「ふっ、はっ、ふわあ」

少女らは鼻から甘ったるい吐息をこぼし、身を軟体動物のようにくねらせる。

早くも昂奮状態にあるのか、肌に紅が差し、恥部から甘酸っぱい淫臭がぷんぷん立ちのぼった。

「ようし！　次は、フォーメーションプレーだ!!　チームワークは大切だからな！　二人ひと組のビーチバレーだって同じなんだぞ！」

「……あンっ！」

膣からペニスと指を引き抜き、仰向けの状態でベッドに寝転がる。そして目を血走らせ、高らかな声で次の指示を出した。

「陽菜子は俺の顔を逆向きに跨げ！　美月はチ×ポをしゃぶれ!!」

「あ、やっ！」

「グズグズするな！　そんなことじゃ、クイック攻撃はできんぞっ!!」

無茶苦茶な論理を展開しつつ、困惑顔の陽菜子の腕を摑んで引き起こす。そして括れたウエストに手を添え、強引に顔を跨がらせた。

「ン、ふぁっ」

ムワッとした熱気と恥臭が鼻腔にへばりつき、男根がひと際反り勃つ。

美月はすばやく身を起こし、ためらうことなく陰嚢から裏茎に舌を這わせた。手筒で肉幹をしごき、唾液をたっぷりまぶし、虚ろな表情で猛り狂う怒張を咥えこんでいく。

ぐっぽぐっぽと濁音混じりの猥音が響くなか、啓輔は分厚い舌を差しだし、乙女の恥芯をくじりまわした。

「ひっ……ぃぃぃン」

小振りなヒップがくねりだし、陰唇の狭間から甘蜜がしとどに溢れこぼれる。

剝きだしになったクリットはすっかり肥厚《ひこう》し、舌先で上下左右にいらえば、瑞々しい裸体がビクビクと引き攣った。

尻肉を割り開き、裏の花弁まで舐めまわして悦に入る。

（おお、最高だ！）

素晴らしい酒池肉林の世界に陶酔した瞬間、ペニスが甘美な感覚に包まれた。

美月が腰を跨ぎ、剛槍を膣内に埋めこんだのだ。

「むむっ！」

「ンっ、ンっ、ンはぁあぁあぁ！」

雁首がとば口を通過し、勢い余って膣奥まで突き進む。先端が子宮口を小突いたと同時に、大人びた美少女はすかさず腰を跳ねあげた。

「あ、あぁン、すごい、硬い、大きい、う、ふぅうンっ」

バチンバチンと、ヒップが太腿を打つ音が高らかに鳴り響き、ヌメリの強い淫液が肉棒に絡みつく。

美月は膝を立て、和式便所のスタイルで自ら快楽を貪った。

「あ、あぁン……せ、先輩」

「……陽菜子」

チュッチュッと音が聞こえ、どうやらキスを交わしているらしい。

獰猛な欲望が渦を巻いて迫りあがり、クンニリングスにも熱がこもる。唇を窄め、陰唇ごと肉芽を吸引すれば、尻肉がキュッキュッとなまめかしく引き攣った。

「ン、はぁあぁっ……やっ、やぁぁぁっ」

陽菜子が仰け反り、高らかな嬌声を張りあげる。

両手で乳房を引き絞り、乳頭を指で挟んでクリクリこねると、身体の打ち震えが目に見えて顕著になった。

同時に美月が恥骨を前後に振りはじめ、牡の肉がこなれた媚肉に引き転がされる。

「あ、あ、イクっ、イクっ、イッちゃいそう！」

二人の口から絶頂間近を告げる声が放たれ、腰の奥に甘美な鈍痛感が走った。

(ぐうっ……アナルセックスで、一度放出しておくべきだったか)

背徳と倒錯の状況が多大な肉悦を吹きこみ、自制心が働かない。

ペニスの芯がピリピリとひりつき、睾丸の中の樹液は出口を求めて暴れまわっているのだ。

「ああっ！　イクっ、イッちゃうぅっ、あ、お、おぉぉぉっ!!」

美月がひと足先にエクスタシーの波に呑みこまれ、横からベッドに崩れ落ちる。

ペニスが膣から抜け落ち、啓輔はチャンスとばかりに身を起こした。

射精欲求がボーダーラインまで引き下げられ、顔面を真っ赤にして陽菜子を俯せにさせる。

「……あっ⁉」

そのまま男根を膣内に挿入し、後背位から腰をガンガン突きたてた。

「や、はぁあぁぁン！」

美少女が舌っ足らずのよがり声をあげるなか、渾身のピストンで媚肉を掻きまわす。

今では、ひりつきや抵抗感はまるで感じない。

とろとろの膣襞は肉棒にねっとり絡みつき、美月から受ける感触とほぼ変わらなかった。

後輩の真横で、先輩はいまだに身体を痙攣させている。

逞しいスライドをこれでもかと繰りだせば、結合部からハチミツ状の愛蜜が溢れだし、シーツに向かってポタポタと滴り落ちた。

「む、むうっ」

限界に達した時点でペニスを引き抜き、今度は陽菜子を仰向けに寝かせる。

とろんとした目、桃色に染まった頬、忙しなく上下する小高い胸の膨らみ。彼女の性感もまた、頂点に達していると思われた。

両足を抱えあげ、腰を突きだして肉の砲弾を膣内に撃ちこむ。

(むうっ……俺も、そろそろ限界だ)

しょっぱなからのフルスロットルで膣肉を穿つと、陽菜子は顔を左右に振り、快楽に抗うように口を引き結んだ。

失神状態から回復したのか、美月が物悲しげな表情を浮かべる。

今、彼女の心に去来するものは何なのか。

アブノーマルなトライアングルの関係を受けいれたのか、それとも嫉妬の感情を抑えられないのか。

複雑な面持《おもも》ちなのは明らかだが、美月は身を起こしざま、ほっそりした指を陽菜子の女芯に伸ばした。

(お、おおっ!?)

目を見開き、期待に身を震わせる。

彼女はピンとしこり勃った乳頭を口に含み、右手の中指をクリットの上で軽やかに跳ね躍らせた。

「……あっ」

陽菜子は驚きに目を剝いたが、眉をくしゃりとたわめ、閉じていた口を開いて咽《むせ》び泣く。

「や、やぁあぁっ、だめっ、だめぇっ」

啓輔もここぞとばかりに腰をしゃくり、至高の射精に向けてマシンガンピストンを繰りだした。

「ぬ、おぉぉぉぉっ！」

駄々をこねていた媚肉が収縮し、男根をギューギュー締めつける。

突けば突くほど快感が増し、内粘膜が今にも飛びださんばかりに盛りあがる。

ほっそりした指先が肉粒をひしゃげさせた瞬間、陽菜子は黒目をひっくり返し、ふっくらした恥骨を上下に打ち振った。

「あはっ！　イクっ、イッちゃう!!」

「ぬおっ、俺もイクぞぉぉっ!!」

「ひぃぃっ」

大きなストロークから猛烈な連打を見舞い、剛槍を膣から一気に引き抜く。そのまま陽菜子の身体を跨ぐと、愛液をべったりまとわせた胴体をゴシゴシしごいた。

「美月、お前も仰向けに寝ろ！」

このあとの展開を察したのか、スリムな先輩はすばやく後輩の真横に寝転がり、餌を待つひな鳥のように口を開ける。

「イクっ！　イクぞぉぉっ!!」

脊髄が甘く痺れた直後、パンパンに張りつめた亀頭の先端から濃厚な牡のエキスが一直線に放たれた。

「あ……ふぅ」

一発目は美月の鼻筋から前髪に、射出口を右に振った二発目は陽菜子の口元から頬を打ちつけた。

「ひンっ！」

「まだまだ出るぞっ！　ぐおおっ!!」

三発四発五発と、牡の証は飽くことなき放出を繰り返し、二人の美貌が乳白色の汚液にまみれていく。

猛々しい放出は九回目を迎えたところでストップし、肉幹をしごけば、尿管内の残《ざん》滓《し》がピュッと跳ね飛んだ。

「はあはあ、ふう、はあっ」

息の長い快感に身を委ね、脳髄が蕩けそうな射精感にアドレナリンが大量分泌する。

啓輔はいまだに硬直を崩さぬ男根を突きだし、裏返った声でお掃除フェラを命じた。

「しゃぶれ……しゃぶって、きれいにするんだ」

美月は目を閉じたまま口を開け、精液の付着した亀頭冠をぐっぽり咥えこむ。そして舌を蠢かせ、精液の残骸を舐め取っていった。

「う、ンぐっ、ンぷぷっ」

さらには自身のクリットを指でこすりたて、派手に腰をくねらせる姿は飢えた牝犬にしか見えない。

「さあ、陽菜子も咥えるんだ」

童顔の美少女は目をうっすら開け、美月を切なげに見つめる。

「チ×ポを、口できれいにするんだ」

「……あンっ」

啓輔は男根を口から抜き取り、先端を陽菜子の濡れた唇に押しつけた。

表情は変わらぬまま、さりとていやがる素振りも見せない。

美月がペニスの横べりにキスを浴びせると、ようやく舌を差しだし、鈴口をスッとなぞりあげた。

「む、むう、気持ちいいぞ……先っぽを口に含んで……くふうっ」

バージンを喪失したばかりの少女は小さな口を開き、宝冠部を口中に招き入れてはくちゅくちゅと揉みしごく。

（あぁ、最高のダブルフェラだ……もう死んでもいいかも）

男のロマンを完遂させ、啓輔はえも言われぬ達成感にこの世の幸せを嚙みしめた。

「う、うぅンっ」

徐々に意識が戻り、凄まじい精液臭に小鼻を膨らませる。

エクスタシーの波に呑みこまれ、まともな思考も働かぬまま、汚れたペニスを口に含んでしまった。

顔にぶちまけられた精液はいつの間にか拭き取られ、そばには丸められたタオルが置かれている。

室内はしんと静まりかえり、啓輔の姿はどこにも見当たらない。

美月は傍らに横たわったまま、うっとりした顔でいまだに腰をひくつかせていた。

ペニスを舐めながら二度目の絶頂を迎えていたが、あの男にまた何かされたのだろうか。

「せ、先輩」

小声で呼びかけても、彼女は目を開けなかった。

喉の奥が粘つき、ザーメン混じりの唾を吐きだして身を起こす。頭がふらふらし、身体はまだ痺れているが、手足はちゃんと動いた。

(あの人……シャワーを浴びに行ったのかしら?)

辱《はずかし》めと屈辱的な体験の連続にショックは隠せず、今はまともな思考も働かない。それでも、啓輔がこれからも不埒な行為で身体を求めてくるだろうことは予測できた。

(ビデオを……撮られたんだ……たぶん、先輩も)

自分と彼女のビデオは、なんとしてでも回収しておかなければ……。

ベッドから下り立ち、ふらつく足取りで出入り口に向かう。

ドアノブに手を伸ばした瞬間、扉が開いて啓輔が姿を現し、陽菜子はあっという声をあげた。

「ん、どうした? また、おしっこか?」

「あ、あ、あ……」

「ひょっとして、ビデオを探しにいこうとしてたのかな? だめだぞ、お前の映像は今、自宅マンションのパソコンに送信したからな」

顔から血の気が失せ、唇の端がわなわな震える。

心臓が凍りついたのは、こちらの行動を見透かされたからではない。

紺色のメンズキャップ、白地に青いストライプの入ったシャツは、一年以上にわたって痴漢してきた男の出で立ちとまったく同じだったのである。

(う、嘘……そ、そんな……)

啓輔は赴任当初から、自分に狙いを定めていたのだ。

蛇のような執念と計画性に恐れおののき、身の毛がよだつ。

不気味な笑みを浮かべる悪魔を、陽菜子は愕然と見つめるばかりだった。

エピローグ

「あ……ンぅ」

九月下旬、啓輔は陽菜子と電車内で痴漢プレイにいそしんでいた。

スカートの下から手をくぐらせ、膣と肛穴に指を押しこんで粘膜をこすりたてる。

(パンティは穿かせてないから、やりやすいな。おおっ、マン肉がだいぶこなれてきたぞ。尻のほうも、すんなり指を受けいれるようになって……そろそろ、アナルセックスを仕込んでやろうか)

美少女の性感はますます発達し、乙女の花園はすぐさま大量の愛蜜で潤った。

淫液は内腿のほうまで垂れ滴り、困惑の表情からは想像できない濡れっぷりだ。

(それにしても……参加校が少なかったとはいえ、まさか決勝まで進むとは思わなかったな)

陽菜子と美月のペアはビーチバレーの大会で準優勝を勝ち取り、正式な部として学園側に認められたのである。

うれしい誤算は、淫虐な血をさらに滾《たぎ》らせた。

啓輔が中等部の教職を選んだのは、それだけ長い期間、美少女と快楽を貪れると思ったからだ。

学校という閉塞的な場所で、酒池肉林のハーレムを作るのが夢だった。

(美月が高等部に進んでも、OGとして部活や合宿に呼べるからな。来年の春には、また新入生が入ってくるし……くくっ、楽しみだ)

先週末、学校の説明会が催され、陽菜子や美月に引けを取らない少女に目をつけた。

透明感溢れる美貌を思い返しただけで、胸の高鳴りを抑えられない。

自然と気合いが入り、指のスライドが鋭さを増す。

(ふふっ、クリちゃん、こんなに大きくさせて)

ガラス窓に映る少女の顔は耳たぶまで赤らみ、切なげな表情が牡の淫情をことさらあおった。

「くっ、ン……ふぅン」

「気持ちいいのか？」

耳元で甘く囁《ささや》くと、細い肩がピクンと震え、うなじから甘いフェロモンがふわんと漂う。

陽菜子は絶頂に向かって気を昂《たかぶ》らせ、ペニスがビンビンになり、パンツの裏地が前触れの液で溢れかえった。

「あっ……イクっ……イクっ」

説明会に現れたあの美少女も、来年の今頃は同じ反応を見せているに違いない。

啓輔は新たなる獲物に思いを馳せつつ、女に成長した美少女を性の頂《いただき》にのぼりつめさせた。

◎本作品の内容はフィクションであり、登場する個人名や団体名は実在のものとは一切関係ありません。

◉新人作品**大募集**◉

マドンナメイト編集部では、意欲あふれる新人作品を常時募集しております。採用された作品は、本人通知のうえ当文庫より出版されることになります。

【応募要項】 未発表作品に限る。四〇〇字詰原稿用紙換算で三〇〇枚以上四〇〇枚以内。必ず梗概をお書き添えのうえ、名前・住所・電話番号を明記してお送り下さい。なお、採否にかかわらず原稿は返却いたしません。また、電話でのお問い合せはご遠慮下さい。

【送付先】 〒一〇一－八四〇五 東京都千代田区神田三崎町二－一八－一一 マドンナ社編集部 新人作品募集係

淫獣学園《いんじゅうがくえん》 悪魔教師《あくまきょうし》と美処女《びしょじょ》

二〇二二年 十月 十日 初版発行

著者◉羽村優希【はむら・ゆき】

発行◉マドンナ社
発売◉二見書房
東京都千代田区神田三崎町二－一八－一一
電話 〇三－三五一五－二三一一（代表）
郵便振替 〇〇一七〇－四－二六三九

印刷◉株式会社堀内印刷所 製本◉株式会社村上製本所 落丁・乱丁本はお取替えいたします。定価は、カバーに表示してあります。

ISBN978-4-576-22135-9 ◉Printed in Japan ◉©Y.Hamura 2022

マドンナメイトが楽しめる！ マドンナ社 **電子出版**（インターネット）……https://madonna.futami.co.jp/

Madonna Mate